이십팔 독립선언

저자의 글맛을 위해 일부 외래어 표기는 그대로 두었고 인터넷 용어가 포함돼 있습니다.
인용된 글은 저작권자로부터 허락을 받았으며 작품 제목과 작가명을 표기했습니다.

이십팔 독립선언

강세영 지음

이유 있는
독립 권장 에세이

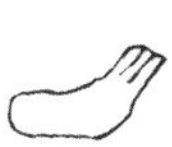

상상출판

프롤로그

"안녕하세요. 저는 서울에 사는 28살 여자 사람입니다."

이 글을 라디오에 보냈다면 내 사연은 이렇게 시작할 것 같다. 식상하고 뻔한 소개지만 이보다 정확한 설명이 또 없다. 28살, 거주지 서울, 성별 여자인 사람의 특징을 그래프로 그린다면 정중앙에 위치할 전형적이고 평범한 사람이기 때문이다.

평범하고 단조로운 인생에서 하나둘씩 변화가 시작된 건 28살이 되고부터다. 지옥철을 견디기 힘들어 부모님으로부터 독립했다. 그리고 얼마 지나지 않아 기가 막힌 타이밍으로 소울메이트와도 이별하게 되었다.

의지하고 사랑했던 것들로부터 완벽하게 독립을 하게 되자 혼자 보내는 시간이 늘었고, 기댈 곳이 없던 힘든 하루 끝엔 우주에 혼자 남겨진 기분을 느꼈다. 이건 나에게 너무 가혹하지 않나 싶은 사건 앞에선 자주 나의 나이를 읊조렸다. 이십…팔…세…….

종종 우울하고 쓸데없이 예민해지는, 느지막이 마주하게 된 사춘기 같은 감정의 파도를 겪어내며 이걸 이십팔춘기라 부르기도 했다.

하지만 그 언덕을 넘으면서 조금씩 어른이 되어간다는 마음도 있다. 혼자 해외여행을 하고, 직장생활에 적응하고, 혼자서 즐기는 취미생활을 만들며 인간의 다양한 감정들을 겸허히 받아들이려 하고 있다. 여전히 사소한 것에 비틀대고 눈물 흘리는 찌질한 어른이지만, 나의 바닥이 어디까지인지 알게 되었고 자신의 바닥을 보며 눈물짓는 사람들과 공감할 수 있게 되었다.

그리고 쓸데없이 뻔뻔해져 이 글을 세상에 내보낸다. 어찌 보면 사소한 이야기이지만 이 시대 청춘들이 겪고 있는 평범한 이야기로 받아들여지길 바라며, 어딘가에서 비슷한 감정을 느끼는 사람들에게 위로가 되고 싶다.

독립할, 독립하고 있을,

28살, 28살이 될, 28살을 지난 사람들에게 주제넘게 이 글을 전한다.

목차

4부

그분을 봤네요

5부

스물여덟의 제이지

6부

취향 뭐 그거

7부

이십구 독립만세

1부

이십팔 독립선언

죄 없는 제가
왜 지옥에 가요?

"띵 띠리딩…… 성수, 성수행 열차가 들어옵니다."

열차가 들어오고, 나는 지옥철에 한 발짝 내디딘다. 착하게만 자라라는 엄마의 말에 나쁜 짓은 안 했는데 전생에 무슨 죄를 지었는지 7일 중 5일은 지옥에 갇힌다.

경기도에 있는 집에서 서울 동쪽 끝에 위치한 회사를 가기 위해선 그래야 했다.

하루에 3시간씩, 대학생 때부터 7년간. 지옥에서 1,000시간을 보냈다.

처음엔 그 시간을 잘 활용하고자 책을 읽었다. 하지만 길게 집중해봤자 15분. 사람들 틈에서 책장을 넘기는 건 쉽지 않았다. 귀만 열고 있으면 되는 영어 라디오도 들어봤지만 지친 육체에 정신까지 힘들어져 관뒀다. 그곳에선 맨정신으로 무언갈 하려고 하면 할수록 더 힘들어졌다. 사람들은 감정 없는 동태눈을 한 좀비였고, 좀비가 가득한 곳에선 같이 전염되는 편이 낫다는 걸 습득했다.

맞다. 모든 감정과 생각을 내려놓고 무리에 몸을 맡기면 된다. 앞으로 쏠리면 쏠리는 대로 뒤로 밀리면 밀리는 대로 파도를 타면 된다. 파도에 맞서서 내 자리를 유지하려 하면 버틸 수 없다. 애쓰지 않고 서로가 서로에게 기대면 된다.

다만 무(無)감정 좀비 상태여도 어깨가 팍! 치일 땐 정신이 번쩍 들고, 짜증이 확 났다. 독립의 가장 큰 계기가 이거다. 어깨빵.

우리의 소원은 독립입니다

힘들었다.

성취 압박이나 동료와의 불화 따위가 아니라 회사에 도착하는 것이 가장 힘들었다. 의자에 엉덩이를 붙이는 순간, 프로젝트 하나를 마친 기분이었다. 오늘도 무사히 출근했다니! 그것만으로도 충분히 대단한 일이다. 이 생활을 30년씩 해온 우리 아버지들에게 존경을 표한다.

하지만 난 그들처럼 살 순 없다. 인생의 20%를 지하철에서 보내고, '누가 제일 먼저 내릴까'로 머리를 쓰고, 흔들리지 않으려 육체의 에너지를 다 허비하며 살 수 없었다. 비슷한 처지의 동료들과 각자의 출근길이 얼마나 험난했는지에 대해 종종 '불행 배틀'을 했다.

"내가 오늘 출근길에 어떤 또라이를 봤냐면……."
"내 앞에 앉은 사람이 내릴 듯 말 듯해서……."
"나 오늘 사당에서 한 5분 정차……."

지하철 2호선에는 인생의 희로애락이 있다. 끊이지 않는 지옥철 소동에 지친 우리의 소원은 단 하나. '회사 근처에 집을 얻어 독립하자'로 통일됐다.

하지만 늘 그렇듯 소원은 쉽게 이루어질 리 없다. 서울시 그것도 잠실 땅은 우리에게 한 평도 쉽게 내주지 않았다. 낡은 빌라의 작은 원룸도 기본 억 단위, 월세는 월급의 큰 부분을 턱! 떼어놓아야만 가능하다. 심지어 침대 하나 덜렁 있는 고시원 월세가 50만 원이니 말 다 했지.

우리는 '지하철 좀비' 아니면 '은행의 노예'가 되어야 하는 운명을 타고났다.

사람이 사람답게 사는 게 이렇게 쉽지 않다. 부동산 거품이니 뭐니 뉴스에서만 보던 어른들의 세계가 그제야 피부에 와 닿았다. 대학 졸업 후 앞가림은 하고 있다고 생각했지만, 방 한 칸 구할 수 없는 처지가 되니 대통령부터 부동산 아줌마까지 모두가 원망스러웠다.

시장 논리에 따라 형성된 가격이라고 한다. 경제학에서 배운 수요와 공급의 법칙에 따라 그렇게 됐다고 한다. 집을 갖고 싶은 사람이 많으니 값이 오르는 거란다. 이것이 우리 세대가 배운 경제 논리다. 그 수요에는 불순물이 뒤섞였다는 것을 안다. 다른 이의 욕구를 부풀려 부를 축적하는 가장 쉬운 방법이 부동산이었음을 안다.

생활의 기본 요소 '의식주' 중 하나인 주거. 그걸 선택하는 게 이렇게 큰 욕망이 되어야 하나 싶다.

답이 없는 한탄도 지칠 때쯤 세상과 타협했다. 세상이 나에게 준 선택지엔 지하철 좀비와 은행의 노예 딱 2개뿐이었다. '좀비보단 노예가 더 사람답지'라며 은행에 발을 들였다. '이 사람 우리 직원 맞아요'라는 재직증명서를 받아 은행에 주니, 은행에서는 나를 믿고 본 적 없는 큰 액수를 쉽게 빌려줬다. 참 좋은 세상이다.

아직도
적응 중입니다

사실 이사라고 할 것도 없었다. 냉장고, 세탁기 등 큰 가전제품들은 이전 세입자가 쓰던 것을 저렴한 가격에 샀으니 내가 직접 가지고 올 거라곤 옷을 비롯한 잡동사니들뿐이었다.

일요일, 온 가족이 집 구경도 할 겸 이사를 도왔다. 이사 갈 준비가 진작에 다 끝났는데 엄마는 뭔가를 계속 챙겼다. 각종 청소 도구들이었다. 한번 싹 청소해야 한다면서 해괴한 청소 장비들부터 용도가 다 다른 세제들까지 챙겼다.

자취방에 도착해서 엄마의 지휘 아래 청소부터 시작했다. 화장실을 박박 닦고, 베란다도 박박 닦고, 심지어 대문까지 닦았다. "이 세제는 화장실 청소할 때 쓰는 거고, 저 세제는 창문 닦을 때 쓰는 거고, 이 세제는 뭐고……." 아무튼 열심히 청소를 했다.

가구도 조립했다. 나사를 돌려가며 행거와 선반을 완성하니 오, 꽤 그럴듯했다. 다들 육체노동에 지쳤을 때 자장면과 탕수육을 시켜 먹었다. 중국집은 이사하는 기분을 내기 위해선 필수로 거쳐야 하는 관문 같은 거니까.

짐 정리가 일단락되고 가족들은 집으로 돌아갔다. 처음으로 혼자 맞이하는 밤이었다. 아니 처음으로 가족들과 다른 집에서 생활을 하는 거였다.

그날을 시작으로 나는 가족들과 모든 주말에 헤어졌다. 본가에서 자취방으로, 자취방에서 마중 나가는 입장으로. 그중 제3의 공간에서 "조심히 들어가" 하고 헤어져 다른 집으로 가는 건 아직도 적응이 안 된다.

가족 4명이서 여행을 갔었는데 3박 4일 동안 의견이 안 맞아서 지지고 볶고 난리도 아니었다. 여행이라기보단 고행에 가까웠다. 왁자지껄한 여행을 마치고 인천공항에서 헤어지는데 갑자기 울컥했다. 홀로 다른 버스에 올라타는데 이건 확실히 이별하는 감정이었다. 전학을 가본 경험은 없지만, 왠지 혼자 운동장을 떠나는 기분이 이럴 것 같다.

헤어짐이란 무뎌진 듯해도 모양만 살짝 바뀌면 다시.

천국이라고
별거 있겠어요

"세상을 다 가진 것 같은 기분이야"라는 표현을 썼었다. 화장실, 싱크대, 세탁기, 냉장고, 에어컨이 모두 다 있는 공간이 오로지 나를 위해 존재한다니. 이 원룸에서 살게 된 첫 한 달간은 너무나 들떠있었다.

집 문을 열고 들어오면 방 안을 한 번 훑었다. 아, 여기가 내 집이구나. 그 좁고 좁은 공간이 얼마나 커 보였는지 모른다. 모든 첫 만남은 어색하고 낯선 떨림을 설렘과 헷갈려 하는 것처럼 이 방과 나도 그랬다. 그냥 이 집에서만 평생을 살아도 괜찮을 것 같았다. 더 많은 돈을 벌거나, 더 큰 집을 얻거나 하는 욕심 없이 이 정도로 딱 좋을 듯했다. 뭐가 더 필요하겠어 싶었다. 혼자 맥주 캔을 따면서 "아 좋다!"라고 읊조렸다.

하지만 어색하기도 했다. 매일 출퇴근 길에 3시간을 버리지 않아도 되니 시간이 막 흘러넘치는 것 같았는데 이 시간엔 뭘 해야 되지 싶었다. 혼자 가만히 누워있기도 그렇고 집에 TV도 없고 산책하러 나가기엔 너무 늦은 시간이었다. 그래서 결국엔 청소를 했다. 방바닥을 닦고 고작 물 한 번 마신 컵을 뽀득뽀득 닦고 창틈 사이를 닦고 깔끔을 떨어댔다. 물론 고작 한 달 동안이었지만.

퇴근길 대중교통에 시달리면 집에 돌아오자마자 곯아떨어지기 바빴는데 이젠 10시에 퇴근을 해도 걸어서 집에 오면 10시 15분이다. 퇴근 후에 영화도 볼 수 있었고, 책도 볼 수 있었다. 심지어 늦게 일어나도 괜찮다. 원래는 매일 6시 30분이면 눈을 떠야 했고, 늦장을 부리다가 7시만 되어도 화들짝 놀라서 미친 듯이 달려 나왔었다. 혹시나 지각할까 봐 매일 밤 내일 입을 옷을 꺼내두고 잠들기도 했는데 이젠 8시에 일어나도 9시까지 회사에 도착할 수 있다. 이건 천국이 확실하다.

나의 천국이 더욱 완벽한 조건을 갖출 수 있도록 어느 연예인의 집처럼 냉장고 가득 맥주를 채우고 찬장 가득 컵라면과 과자들을 왕창 사다 뒀다. 냉장고와 찬장을 열 때면 아랍 왕자가 부럽지 않을 만큼 든든한 마음이 들었다.

이 낯선 설렘은 이제 편안함으로 바뀌었지만 어떤 집을 맞이해도 감격적인 나의 첫 집을 잊지 못할 것 같다.

나의 첫 독립. 나의 첫 공간. 나의 첫 집.

어색하고 낯설고 조금 무섭기도 했지만, '처음'이라는 경험이 주는 충격을 어떤 집이 대체할 수 있을까.

저는
플라스틱 하우스에 삽니다

집을 구할 때 선택지는 많지 않았다. 살만한 조건을 일일이 따지기엔 가진 게 많지 않았기에 돈을 기준으로 집을 찾아다녔다.

신축이 아니면 됐다. 햇빛을 포기하면 됐다. 엘리베이터가 없으면 됐다. 조건을 하나씩 포기하니 집을 얻을 수 있게 됐다. 욕심을 내려놓는 수행을 겪으며 무소유의 경지에 다다랐을 때 집을 계약했다. 누가 봐도 장점보다 단점이 많은 집에 살기로 했다. 원래 난 완벽한 것보다 살짝 모자란 것들을 좋아한다.

빈틈이 매력적인 집에 바로 정을 붙였다. 욕심이 생겨 이곳저곳 꾸며보기도 했다. 하지만 예뻐지는 것과 별개로 집은 자주 고장 났다. 보일러가 망가지고 세면대 호스는 끊어지고 싱크대 문짝은 덜컹대며 인터폰도…… 아, 그건 처음부터 잘 안 됐다.

하나를 고치면 다른 하나가 말썽부리는 식이었다. 여기도 아프다고, 여기도 봐달라고. 잔병치레가 많은 집이다. 아마 새로 지어진 건물이 아닌 이상 대부분의 빌라에서는 이런 일이 다반사이지 않을까 싶다.

우리가 사는 세상에서 집은 주거보다 투자의 역할이 큰 것 같다. 있는 사람들은 살지도 않을 집을 마구 산다. 없는 사람들은 집을 사지 못해 빌린다. 딱 2년. 주인이 있지만 주인이 살지 않는 집은 그렇게 2년짜리 일회용 플라스틱이 된다. 내가 사는 이 집도 많은 사람에게 2년짜리 플라스틱 하우스였겠지. 주인이 돌보지 않는 집은 그렇게 늙는다.

누구도 이 집이 좀 더 가치 있어지길 원하지 않았던 것 같다. 집주인은 세입자가 불평 없이 쓸 정도의 수준이면 만족했고 세입자는 2년 살다 나갈 집에 투자할 리 만무했다. 그렇게 특색 없이 만들어진 집은 자주 삐걱대며, 자주 임시방편으로 수리된다.

유난스러운 나는 이 집 따위에도 감정 이입되어 슬퍼지는 밤이다. 이 집도 혼자다.

제가 죽으면
며칠 후에 발견될까요?

집이 아픈 만큼 나도 많이 아팠다. 특히 겨울엔 더 그랬다. 보일러가 고장 난 밤에는 추위에 잠들 수 없었고, 아침이 밝아오자 감기 기운이 온몸을 감쌌다. 유난히 추웠던 겨울에는 유난스럽게도 아파댔다. 그저 부모님 보호막에서 벗어나 혼자 사는 공간에서 자고 일어나는 것뿐인데 자주 시름시름 앓았다.

하루는 편도염, 축농증, 중이염이 합세해 고통스러운 밤을 보냈다. 움직일 수도 전화를 할 수도 없는 상황에서 이렇게 죽으면 며칠 후에 발견될 수 있을지 상상했다. 아마 주말 내내 이 작은 침대 위를 벗어나지 못한 채 끙끙 앓다가 월요일에 출근을 못 해야만 세상이 나를 찾을 것 같았다. 회사라도 나를 찾아준다니 다행이다 싶으면서도, 회사만 나를 찾는다는 사실이 슬프다가, '회사는 나 자체가 아닌 어떤 기능을 하는 사람을 찾는 걸 텐데……'라는 생각에 더 서글펐다. 집에서 혼자 아픈 건 몸과 마음이 함께 아픈 일이다.

끝이 없을 것 같던 길고 긴 밤이 지나고 몸 상태를 누군가에게 알릴 상황이 되자 가장 먼저 찾은 사람은 엄마였다. 지금 어디가 어떻게 아프다는 말보다 울음이 먼저 터졌다.

그 밤이 그렇게 서러웠다. 꽈당 넘어지고 엄마가 어디에 있는지 확인한 뒤 눈물을 터트리는 8살짜리 애처럼 그렇게 울었다. 난 28살인데 말이다.

평소에 연락도 잘 안 하는 무심한 딸은 그때부터 몸살 기운만 있으면 짐을 바리바리 싸 들고 엄마 집으로 간다. 엄마가 있는 곳은 확실히 '집' 같다. 같은 온도라도 엄마가 있는 곳은 더 포근하다. 햇빛이 잘 들어오고 따뜻한 밥을 먹을 수 있는 집에서 며칠 징징대면 몸이 금방 회복된다.

이쯤 되면 내 병명이 애정결핍인가 싶다.

분명 몸이 아픈데, 마음이 녹으면 몸도 저절로 회복된다. 보일러가 고장 나서 아프던 날, 마음이 고장 나서 몸이 부서지도록 아프던 날, 내 몸은 세상의 관심이 필요하다는 신호를 보냈었나 보다. 온기조차 돈을 내야 하는 도시에선 관심이 약이 맞다.

이 약을 구하지 못하면 우린 며칠 안에 발견될 수 있을까?

우유로
안부를 물어요

회사에서 독거노인분들을 위해 후원하는 캠페인이 있다. 이름하여 우유로 안부를 묻는 '우유 안부 캠페인'. 독거노인분들 집에 매일 아침 우유를 배달하고 우유가 쌓여있으면 바로 주민센터에 신고가 들어간다. 독거노인분들에게 우유를 무료로 드리는 동시에 혹시 모를 고독사도 막을 수 있다. 이름부터 생각까지 매우 참신하고 기발한 캠페인이다.

독거 젊은이(?)인 나도 종종 고독사에 대해 상상한다.

'화장실 바닥에 미끄러져 쓰러지면?'
'선천적 저혈압인데 갑자기 혈압이 뚝 떨어지면?'
'좋아하는 뮤지션 영상을 보다가 심쿵해 기절하면?'

그 상태로 고독하게 저세상으로 가버릴지 모른다. 그리고 최소 3~4일은 지나야 발견되겠지. 독거 젊은이를 위한 우유 안부 서비스도 있으면 좋겠다. 우유는 돈을 주고받을 테니 최소 2개 이상 쌓이면 엄마에게 전화라도 해줬으면.

독거인에게 '안부'가 이렇게 중요하다.
우유 안부 캠페인에 동참해주시라.

기초 생활필수품

달랑 방 한 칸짜리 집을 채우기 위해 매일같이 인터넷 쇼핑몰을 방문했다. 전자레인지를 사고, 가스레인지를 사고, 옷장을 사고, 화장대를 샀다. 어찌나 살 게 많던지 엑셀로 결제 리스트를 만들어 카드를 긁었다. 청소기와 책장 결제를 끝으로 방 한 칸은 인간이 살기에 충분한 집이 됐다. 이제 누가 들어와도 큰 무리 없이 씻고, 자고, 삼시 세끼를 먹을 수 있는 공간이 됐다는 뜻이다.

큰 틀은 다 갖춰져 이제 좀 살만하다 싶었는데 자잘한 것들이 빠져있었다. 휴지, 물, 세제, 섬유유연제를 다 채우고 나서도 봉지가 안 뜯겨 주위를 둘러보면 가위가 없고, 손톱이 자라서 서랍을 열어보면 손톱깎이가 없고, 병을 따려 하니 병따개가 없었다. 라면을 끓였는데 주방 장갑이 없어 소매로 냄비를 잡고, 냄비 받침대가 없어 손에 잡히는 책을 받침대로 썼다(그 이후론 컵라면만 먹는다. 컵라면이 더 맛있다. 정말로).

주방 서랍을 뒤적이다 보면 어딘가에 있고 TV 밑 서랍을 열어보면 툭 튀어나왔던 제품들. 사본 적도 딱히 필요하다고 생각해본 적도 없이 늘 옆에 있던 것들인데, 없으니 이렇게 불편할 수가 없다. 다이소에서 천 원짜리 기초 생활필수품을 구매하다 보니 이런 게 진짜 발명품이지 싶다.

편지가 도착했다

새집에 잘 적응하고 있는지 묻는 듯한 편지들이 우편함을 가득 채웠다. 우편함에 편지가 가득 쌓이면 빈집인 줄 알고 도둑이 든다는 괴담을 들은 적 있었기에 재빨리 편지들을 챙겼다 (훔쳐 갈 것도 없어서 들어온 도둑만 수고로울 뿐이지만).

두툼하게 온 편지들은 돈, 돈, 돈 얘기를 했다. 물을 썼으니 수도세를 내라. 전기를 썼으니 전기세를 내라. 가스를 썼으니 가스비를 내라. 그리고 익숙하지만 익숙하지 않은 카드값을 정산한다는 편지까지. 부모님과 함께 살 땐 관심조차 없었던 세계가 또 한 번 열렸다.

맞아. 물, 불, 전기도 공짜는 아니지.

기다란 노란색 편지에는 재미없고 지루한 글자만 가득했다. 모르는 내용은 대충 건너뛰고, 쭉 나열된 계좌번호 리스트에서 나의 주거래 은행을 찾아 입금했다. 청구서 종류는 다양했지만 작은 방만큼 작고 귀여운 액수였기에 흔쾌히 전송 버튼을 눌렀다.

20~25일만 되면 집 우편함과 휴대폰 문자통이 난리다. 각종 고지서와 은행 대출금 이자, 휴대폰 사용료, (집)주인님에게 보내야 하는 건물 관리비까지 월말만 되면 그렇게들 나를 찾는다.

어느 달에는 수도세가 밀렸다며 독촉 고지서가 날아왔다. 매월 고지서를 받아서 계좌이체를 했었는데 도중에 하나를 빼먹은 거다. 재빨리 이번 달 금액과 지난달 금액을 입금했다. 시트콤에서 본 것처럼 샤워하다가 물이 끊기지는 않을까 내심 불안했다. 머리에 거품을 가득 낸 상태에서 단수가 된다면 집에 있는 생수를 써야겠다는 나름 철저한 시나리오도 짜놓고 네이버에 물어봤다. '수도세 미납 단수.' 정확한 기준을 찾진 못했지만 최소 3번은 미납해야 단수 조치가 되나 보다.

그리고 한참 지나서 알게 됐다. 은행에 청구서를 가지고 가면 자동이체 등록을 해준다. 심지어 공과금 자동이체를 걸어두면 은행 혜택까지 준다. 이 좋은 방법을 두고 매달 계좌번호를 입력해 돈을 보내고 하나를 놓쳐 독촉 고지서를 받았다. 이런 생활 꿀팁을 왜 아무도 안 알려줬나 모르겠다.

이제 더는 우편함에 고지서들이 쌓이지 않는다. 그 자리를 공과금 자동이체 영수증들이 채웠다. 귀찮은 일은 끝났고 이번 달엔 얼마가 나왔는지 조심스럽게 열어보는 묘한 재미만 남았다.

그새 머리가 많이 자랐는데, 그 때문인지 수도세가 평소보다 많이 나왔다.

1588-7500

야근하고 밤 11시쯤 집에 들어왔는데 현관문 센서등이 작동하지 않았다. 센서등이 고장 났다는 생각으로 더듬더듬 방 안 불을 켰는데 그 불조차 들어오지 않았다. 휴대폰 불빛에만 의지한 채 여기저기 살피니 집 안 모든 불이 켜지지 않았고, 작동을 멈춘 냉장고 사이로 물이 흐르고 있었다.

정전이다.

모든 전기가 끊어진 게 확실했고 언제부터 끊긴 건지 냉동고에 있던 얼음이 녹아 밖으로 흘렀다. 밤 11시에 불이 들어오지 않는 집은 우리 집이지만 무서웠다. 이때 가장 먼저 막아야 할 것은 상상력이다. 자칫하면 상상력이 퍼져 생각들이 혼자 춤을 추다 온몸에 소름을 피운다.

재빨리 여기저기서 받은 향초들을 피웠다. 언니가 취미로 만든 향초, 제주도 갔다 온 친구가 사다 준 바다 모양 캔들, 이사 기념으로 받은 양키캔들까지. 독립하고 초반에만 몇 번 켜다가 지금은 멀뚱히 책장 위에서 자리만 차지하던 것들이 진가를 발휘했다. 무섭지 않으려고 작은 집에 향초를 5개나 피웠다. 싱크대 쪽에 하나, 신발장 위에 하나, 화장대 위에 하나, 책장 위에 하나, 작은 탁자 위에 또 하나. 일렁이는 촛불 불빛 사이로 다시 한번 사태를 파악했다. 그러니까 전기가 나갔다.

이번에도 네이버에 물어봤다.
'전기가 나갔어요.'

흔히들 겪는 일인지 바로 대처법이 나왔다. 1588-7500. 한국

전기안전공사에 전화하면 된단다. 밤 11시에도 전화가 연결됐다. 상담원은 흔한 일이라는 듯이 격양된 내 목소리와는 반대로 차분하게 방법을 알려주셨다.

1단계 : 두꺼비 집을 열어 맨 왼쪽 스위치가 아래로 내려간 것을 확인한다. 스위치를 올리려 해도 올라가지 않는다면, 이 상황은 누전이다.

2단계 : 집 콘센트에 연결된 모든 코드를 제거한다. 에어컨, 냉장고, 세탁기, 보일러 등 모든 코드를 빼야 한다.

3단계 : 두꺼비 집 맨 왼쪽 스위치를 다시 올린다.

신기하게도 스위치가 올라가면서 불이 반짝하고 켜졌다. 휴. 광명을 찾았다. 어둠 속에서 빛을 발견한 기쁨. 전기가 이토록 소중한 것이었다. 세상은 내게 전기의 소중함을 알려주려 또 이렇게 긴장되는 이벤트를 선물했다.

뺐던 코드를 하나씩 연결하면 기계들이 다시 작동한다. 특정 가전제품 하나가 문제일 경우에 이런 일이 발생한다고 한다. 모든 불을 다 켜고 향초 5개는 후후 불어 껐다. 마음이 좀 진정

되고 나니 작은 방에 5개의 향이 섞여 머리가 어지러웠다.

머리가 아프지만 혼자서도 잘 살기 위해선 알아둬야 할 번호가 많다. 정전일 땐 1588-7500.

캑캑.

스무 살의
독립가들에게

혼자서 헛헛한 밤을 맞이할 때면 20살의 독립가들이 떠올랐다. 자유를 갈망했던 아니, 자정이 넘도록 놀고 싶던 나에게 자취하는 친구들은 부러움의 대상이었다. 술을 30분 더 마시고 싶어서 지하철을 포기하고 택시를 탔던 20살의 나는 용돈보다 동기들이 중요했다(동기사랑 나라사랑. 풉).

"엄마 봐봐. 내가 12시까지 들어오려면 학교에서 10시 30분에 지하철을 타야 한다고. 그런데 보통 술자리가 8시에 시작해. 그럼 난 2시간만 있다가 일어나는 거야. 한창 재미있을 때 나오는 거라고."
"그럼 4시부터 놀아."

하늘이 두 쪽 나도 12시까지는 집에 들어오라는 부모님의 철칙엔 흔들림이 없었다. 철없던 나는 엄마 아빠가 마냥 미웠고 친구들이 부러웠다. 애매한 경기도에 살 바에는 지방에 살았으면…….

지방에서 혼자 올라와 자취하는 친구는 10시 30분이면 자리를 뜨는 나를 항상 붙잡았다. 20살이면 성인인데 좀 늦으면 어떠냐며, 술 모임이 없을 때도 수업이 끝나면 노래방이나 당구장에 가자고 했다. 아니면 과방에서 과제를 하자고 했다. 과방에 가자는 것은 함께 놀 사람을 찾을 거라는 의도가 담겨있었다.

같은 20살이지만 나만 18살의 삶을 사는 것 같아 억울한 적도 있었다. 그 친구는 어느 날 새벽 3시쯤 악몽을 꿨다며 문자를 남겼다. 천장에서 누가 내려다보고 있었다나 뭐라나.

소란스러운 학기 초 행사들이 썰물처럼 빠지고 과방에는 위닝(온라인 축구 게임)을 하려고 모여든 사람뿐이었을 때 친구는 말했다.

“나 집에 가면 심심해.”

그 묵직한 말을 잘 이해하지 못했다. 대학 친구 외엔 인맥 하나 없는 서울에서, 겨우 누울 공간만 주어진 고시원 방에서 자다 악몽을 꿨을 20살 친구의 마음을 알지 못했다. ‘외로움을 많이 타는 친구네’ 정도로 생각했다.

난 북적이는 학교생활이 끝나면 집에서 가족들과 함께하고, 대학 친구를 안 만나는 주말에는 동네 친구들과 어울릴 수 있었는데. 학생 한 명 없는 주말의 캠퍼스를 걸으며 도시락을 털레털레 사와, 작은 고시원 방에서 더 작은 소리로 켠 TV와 밥을 먹었을 친구를 이제야 머릿속에 그릴 수 있게 됐다.

가위에 한 번도 눌려본 적 없는 타고난 수면 능력을 가진 나도 요즘은 종종 악몽을 꾼다. 화들짝 놀라 깨 정신을 차린 뒤 시계를 찾아보는 그 상황을 20살, 그러니까 성인이지만 성인이라고 하기엔 어린 친구가 겪었었다니. 속마음을 다 말하면 "넌 왜 이렇게 오글거리는 말만 하냐"라며 면박 줬을, 우리를 너무나도 잘 아는 그 애는 그저 심심하다고 했다.

성인이 되기까지 난 너보다 8년이나 늦었다.

cass
辛

저도
꿈을 꿔요

나도 악몽을 꾼다. 별거 아니지만 내겐 큰 변화다. 큰 꿈이 없던 나는 잘 때도 꿈을 꾸지 않았다. 간혹 꾸는 꿈들은 너무 현실적이어서 기억도 잘 안 난다. 길을 걷거나, 밥을 먹거나, 어제 만났던 친구를 또 만나는 아주 일상적인 꿈 말이다.

독립을 한 뒤로 마음이 조금 불안정해지자 악몽을 꿨다. 아직 책을 펼쳐보지도 못한 과목의 시험을 봐야 한다며 책상에 억지로 앉혀지는 꿈, 시험 보는 도중에 연필이 없는 꿈을 꿨다.

지원한 적 없는데 오디션 프로그램 무대 위에 올라가서 노래를 불러야 하는 상황도 있었다. 노래방에서도 노래 부르는 걸 꺼려 하는 내가 겪어야 하는 최악의 상황에 놓인 거다. 꿈에서 깰 때는 안도의 한숨을 쉬었다.

그리고 요즘엔 쓸데없이 비현실적인 꿈을 꾼다. 갑자기 한 여자의 치아가 엄청나게 확대되고, 으스스한 분위기가 연출되면 덜덜덜 떨다가 꿈인 걸 알아챘다.

꿈이 이상해질수록 인터넷에 해몽을 검색하게 된다. 어제는 무슨 이유에서인지 꺼이꺼이 우는 꿈을 꿨다. 얼마나 울어 젖혔는지 깨고 나니 목이 다 아팠다. 생뚱맞게 웬 오열하는 꿈일까 해서 찾아보니 길몽이란다. 그냥 좋은 일이 아니라 대길할 꿈이란다. 해몽 따윈 믿고 싶지 않지만 이것만큼은 간절하게 믿기로 했다.

내가 대길할 꿈을 꿨는데…….

뭔가 될 것 같은데…….

(뭐 그 뒤로 변한 건 없지만…… 며칠 더 기다려볼게요.)

혼자 사는 사람들은 공포감과 친해집니다

저벅저벅…….

인기척이 들린다. 불쾌한 소리에도 깊은 잠에서 깨어나기 힘들었다. 계속되는 께름칙한 본능에 누운 채로 방문을 쾅! 찼다.

후다닥.

인기척의 주인공이 더 큰 소리를 내며 잠과 함께 달아났다. 순식간에 일어난 일이다. 여자 혼자 사는 집을 노리던 괴한이 무단침입을 한 거다. 다행히도 현관에서 방 안으로 들어오려던 찰나에 큰 소리에 놀라 달아났다. 누우면 방문이 발에 닿는 작은 집에 사는 것이 도리어 행운이었다.

새벽 3시였다. 악몽이라 믿고 싶지만 현실이었다. 현관문은 어떻게 열고 들어온 건지, 어떤 사람이었는지, 무슨 목적이었는지 생각이 상상을 몰고 와 정신을 차릴 수 없었다. 도무지 그 집에 혼자 있을 수 없어 근처에 사는 동기 집으로 도망쳤다.

읽기만 해도 공포스러운 이 상황은 엄마가 대학 시절 겪은 일이다. 무서움에 떨던 엄마는 가까이에 사는 남자 동기 집으로 피신했고 그 남자는 내가 아빠라고 부르는 사람이기도 하다.

공포담은 로맨스가 되어 빈번하게 술자리 안주가 되었지만, 나의 독립을 결사반대했던 엄마의 무기로도 자주 쓰였다. 창문틈 사이로 염탐하는 사람을 본 이야기, 누가 집 앞까지 따라왔던 이야기까지 한 세트다. 시골에서 혼자 올라와 반지하에 살던 여대생에게 집은 완벽한 보호막이 되어주지 못했다.

사실 더욱 무서운 이야긴 따로 있다. 요즘도 30년 전과 별반 다르지 않다는 사실이다. 여전히 혼자 사는 사람들은 불안에 떤다. 큰길가에 사는 나 역시 밤길이 편할 수 없다. 골목을 들어설 땐 범죄의 표적이 되지 않기 위해 이어폰을 빼고 양팔을 크게 흔들며 힘차게 걷는다.

가끔은 억울한 마음도 든다. 혼자 산다는 이유로 어둠을 조심해야 한다는 것이. 심지어 난 도움을 요청할 이웃집도 없어 억울함이 배가 된다. '별일 생기겠어?' 하며 살기엔 우린 너무 많은 사례를 보고 들었다. 아주 심각한 일만 뉴스에 실리는 것뿐 주위 친구, 언니, 동료 모두 소름 끼치는 밤길 경험담 하나씩은 가지고 있다. 아마 겪어보지 않은 사람들은 알지 못할 거다. 누군가에게 평범한 일상이 누군가에겐 촉각을 곤두세워야 하는 일이라는 걸.

치안이 좋은 편에 속하는 대한민국에서도 혼자 사는 사람들은 공포감에 친숙해진다.

생각난 김에 문단속이나 한 번 더 해야겠다.

내 상상력이
제일 무서워요

하루 중 가장 촉각을 곤두세우는 때가 집에 들어오는 순간이다. 빌라 1층에서 5층까지 올라오는 내내 경계심을 풀지 않는다. 독립하고 처음 몇 주 동안은 핸드폰에 112를 입력하고 통화버튼 바로 옆에 엄지손가락을 대고 계단을 올랐다. '무슨 일이 생기면 바로 통화버튼부터 눌러야지' 하면서.

집 문을 열 때도 안을 한번 쓱 살피고 들어간다. 문을 닫을 땐 잠글 수 있는 모든 잠금장치를 다 사용한다.

사실 객관적으로 생각하면 우리 집에 도둑이 들어올 명분은 거의 제로에 가깝다. 이 집에 있는 모든 물건을 다 훔쳐서 팔아도 도둑님의 한 달 밥값도 안 나올 거다. 집에 금붙이가 있는 것도 아니고 현금다발이 있는 것도 아니고 명품가방조차 하나 없는데 이 좁은 집에 애써서 들어올 리 없다. 한 마디로 수지타산이 안 맞는다.

아니면 혹시 나의 콩팥을……?!

참 혼자 살고 나서 쓸데없는 상상력이 많아졌다.

배달음식을 시킬 땐 꼭 '문 앞에 걸어두고 가세요'라고 써둔다. 메모를 보지 못하고 초인종을 눌러도 문을 열지 않고 문 앞에 두고 가라고 말씀드린다. 어느 날엔 집 앞에 작은 선물이 놓여있었다. 옆집에 새로 이사 왔다며 인사할 겸 드린다며 과자 한 봉지와 포스트잇에 인사를 적어두고 가셨다. 이건 분명 선의인데, 보자마자 처음 느낀 기분은 무서움이었다. 옆집에 누가 살고 있는지 모르는 상태였고, 이사를 새로 왔다는 정보도 없는 상태라 더욱 그랬다.

과잉 방어 태세라는 느낌도 있지만, 뉴스를 볼 때면 나만 예외일 순 없겠지 싶다. 나도 나름대로 방패막이를 입어야지.

청소기를 돌릴 땐
엄마가 생각나요

혼자 사는 나는 오늘 먹은 밥그릇을 치우지 않고 그냥 잠들 자유가 있다. 입고 나간 옷을 아무 데나 벗어 던지고 침대에 퍼질 자유가 있다. 혼자 사는 공간은 무한한 자유를 준다. 다만 그에 따른 책임도 나의 몫이다. 과거의 내가 미뤄뒀던 밥그릇과 옷더미는 언젠가의 내가 책임져야 한다. 늦장 부릴수록 일이 더 커지기도 한다.

이 단순하고 명쾌한 진리를 독립 전엔 잘 몰랐다. 벗어던진 옷이 깨끗하게 세탁되어 옷장에 들어가 있는 마법 같은 일은 부모님과 사는 내내 일어났었으니까. 그래서인지 청소기를 돌릴 때면 종종 엄마 생각이 난다.

방을 치우고, 밥을 하고, 빨래하는 것이 내 책임인 적이 없었다. 엄마의 잔소리에 정리하는 시늉만 내면 됐다. 뭐가 그렇게 잘났는지 내 일은 항상 엄마의 일보다 중요하고 우선순위가 높아서 집안일은 엄마가 해주길 바랐다. 심지어 퇴근하고 들어온 엄마였음에도.

엄마는 두 딸이 신여성(?)으로 자라길 바라셨지만 이상과 현실의 차이를 얼마나 좁히셨는지 모르겠다. 발레를 배우고 싶다고 조르면 엄마는 태권도나 검도를 배우라고 하셨다. 걸스카우트에 가입하고 싶다고 말하면 남녀가 똑같은 옷을 입고 참여하는 아람단을 하라고 하셨다. 딸 이름은 꼭 강인한 느낌이 나게 짓고 싶었다고 했지만 나와 언니의 이름은 작은아버지에 의해 지어졌다. 내 이름은 그렇다 쳐도, 흔한 여자 이름 중 하나인 언니 이름은 엄마의 큰 아쉬움이었다.

작명 주도권은 뺏기셨지만 교육 주도권은 가지고 계셨던 엄마는 밥을 짓거나 반찬을 만들거나 빨래를 하는 건 몰라도 된다며 우리에게 알려주지 않으셨다. 그렇게 본인만 희생하는 보통의 한국 엄마들과 똑같이 사셨다.

철도 없고 눈치도 없고, 아니 눈치 없고 싶었던 나는 엄마를 먼저 돕는 법이 없었고 이제 와서 혼자 살림하는 법을 익히고 있다. 고작 8평짜리 집 하나 관리하는 것도 힘들어 곰팡이를 만들기도 하고 새로운 우주를 탄생시키기도 하면서 자유와 책임 그리고 엄마에 대해 배워간다.

축축 눅눅한 것들은 널어버려요

집안일 중에 가장 많은 단계를 거쳐야 하는 것이 빨래다. 빨래는 뭐 세탁기가 알아서 다 해준다고 생각했었는데 가장 오래 걸리고 제일 신경 쓸 게 많다.

체취 가득 밴 빨랫감을 모으고 혹시 모르니 주머니도 한 번씩 확인하고 세탁기 버튼을 누른다. 얼룩을 지워줄 세제를 넣고 좋은 향기를 더해줄 섬유유연제도 팍팍 넣는다(다우니를 정말 양껏 쏟는다).

그리고 기다린다. 세탁기가 옷의 때를 지워줄 때까지 기다리면 된다. 잠깐 커피를 사러 나갔다 오기도 하고, 집에서 유튜브를 보기도 하는데 가끔은 물이 채워지고 윙윙 돌아가는 빨랫감을 지켜본다. 그러면 은근히 마음이 후련해진다. 청소기 소리는 시끄러운데 세탁기 소리는 뭔가 들을 만하고 그렇다.

세탁기의 노랫소리와 함께 빨래가 끝나면 하나씩 건져 올려 건조대에 넌다. 빨래하는 단계 중에 가장 좋아하는 순간이다. 괴로웠던 일들 한 번 털고, 잊고 싶었던 일들 툭툭 두 번 털어 건조대에 쫙쫙 펴서 올려놓기도 하고, 조심스럽게 옷걸이에 걸어 놓기도 한다.

축축하고 눅눅한 것들이 바싹바싹 마르기를 바라면서.

뭐든 이렇게 말려버릴 수 있다면 좋겠다. 마음속 묵은 때도 싹! 지워버리고, 향까지 첨가해서 쨍쨍한 햇볕 아래에 널어버릴 수 있다면. 그게 고작 하루하고도 반나절만 기다리면 되는 일이라면 참 좋겠다.

우리 집은 여기라니까

영어권 나라 사람들은 이해하지 못한다는 '우리'라는 표현. 우리나라에선 '나', '나의'라는 표현 대신에 우리라고 말한다. 우리나라, 우리 엄마, 우리 집. 직관적으로는 나의 나라, 나의 엄마, 나의 집이 맞는데도 너와 내가 함께 있다는 집단적 소속감이 담긴 우리라는 표현이 훨씬 더 친근하고 자연스럽다.

어느 날 본가에서 저녁 식사를 하고 일어나면서 엄마에게 말했다. "난 우리 집에서 잘게."

엄마는 우리 집이라는 표현에 무척이나 어이없어했다. "우리 집은 여긴데 어디를 가냐"라고 했다. 나에게 우리 집의 대상은 본가에서 자취방으로 옮겨갔는데 부모님은 그걸 황당해했다. 내가 사는 곳은 출퇴근하기 힘드니 잠만 잘 수 있도록 마련한 임시 거처라고 생각하셨다. 통화하다가 "나 집에 가는 중이야"라고 하면 "오늘 광명 온다고?"라고 되물으셨다.

"아니, 나 우리 집. 내 집 가는 길이라고."
"그래 넌 너네 집으로 가라."

우리 가족 구성원에서 나 혼자만 '우리 집'이라고 말하는 대상이 달라졌다. 아빠, 엄마, 언니가 말하는 우리 집은 광명 집. 내가 말하는 우리 집은 송파 집이다. 우린 이제 주거의 소속이 아예 다르다는 뜻이다.

약 1년 정도의 시간이 흐르고 내가 우리 집이라고 부르는 집이 송파 집을 뜻하는 걸 모든 가족이 받아들이게 되었을 때 즈음 금요일 저녁에도 엄마의 전화가 오지 않았다.

"어, 아빠 왜?"

"너 어디야?"

"우리 집 근처 카페인데."

"너 오늘 엄마 생일인 거 몰라!?"

"어? 어…… 알지……. 나 지금 광명 집 근처라니까?"

2부

나약한 인간이라

아이고, 아가씨
이런 건 남자친구한테 부탁해

싱크대 한쪽 문짝이 떨어졌다. 문짝 하나가 방치된 채로 두 달을 넘게 살았다. 미루고 미룬 끝에 집 열쇠 구멍 아래에 붙어 있는 열쇠가게 번호로 전화를 걸었다.

"싱크대 문짝이 떨어져서 그런데 이런 것도 고쳐주시나요?"
"주소가 어떻게 돼요?"

단출해 보이지만 복잡한 도구상자를 들고 온 아저씨는 드릴 몇 번 돌리더니 떨어진 문짝을 착! 하고 붙여주셨다. 문이 잘 열리고 닫혔다. 5만 원을 냈다. 아저씨는 5분 만에 5만 원을 받아 가는 게 멋쩍으셨는지 쓸데없는 말을 던지셨다.

“아이고, 아가씨 이런 건 남자친구 불러서 해달라고 해.”

눈물이 났다. 5만 원이 아까워서.

5만원이 아까워서 울었다

오래된 빌라인 우리 집 싱크대는 예외 없이 체리색이었다. 빌라와 아파트가 무자비하게 지어질 때쯤 무슨 열풍이 불었는지, 오래된 집들은 체리색으로 뒤범벅되어있다. 지금의 버건디색처럼 그 옛날 '올해의 컬러'엔 체리색이 있었나 보다.

체리색으로 말할 것 같으면 집을 답답하고 좁게 그리고 낡아 보이게 하는 1순위다. 집에 들어올 때도, 잘 때도, 라면을 꺼낼 때도 체리색 싱크대는 언제나 눈엣가시였다. 체리색 화장실 문을 페인트칠한 뒤로 흰색의 위력을 깨달았기에 그 싱크대는 더더욱 견딜 수 없었다.

망설이다가 주인님에게 싱크대에 시트지를 바르겠다고 얘기했다. 주인님은 흔쾌히 허락해줬다. 주인님보다 더 예민한 건 남자친구였다. 그는 이런 내 행동을 잘 이해하지 못했다. 어차피 잠깐 살다 나올 집에 손을 대는 게 어리석다고 생각하는 듯했다.

화창한 주말, 날을 잡고 드릴로 싱크대 문짝을 다 뗐다. 손잡이를 분리하고 문짝마다 흰색 시트지를 발랐다. 미세한 기포들까지 제거하면서. 분리한 싱크대 손잡이는 검은색으로 칠했다. 하는 법을 블로그로 찾았을 땐 쉬워 보였는데, 직접 해보니 이게 뭐하는 짓인가 싶을 정도로 많은 노동력이 필요했다. 아무리 셀프 인테리어라지만 혼자 하는 것엔 한계가 있었다.

문짝을 다시 다는 것은 도저히 혼자 할 수가 없어 남자친구에게 도움을 요청했다. 우여곡절 끝에 하나씩 완성해나가다가, 마지막 문짝을 달려고 하니 이상하게 나사가 헛돌았다. 싱크대 나무가 오래되어서 구멍이 낡았는지 나사는 의미 없이 계속 헛돌기만 했다. 마치 우리 사이처럼.

낡고 낡은 멘트가 오고 갔다.

"아, 왜 이것도 못해."
"너 혼자 못할 거면 이런 거 시작하지 마."

구리다. 오래될 만큼 오래된 우리 사이처럼 아무리 연결해보려 해도 모든 나사가 헛돌았다. 아무리 칠해봤자 겉만 번지르르할 뿐 낡은 싱크대는 낡았다.

우린 마지막 문짝을 해결하지 못하고 헤어졌다. 그렇게 두 달을 그냥 살았다. 문짝 없는 싱크대를 쓰면서, 한쪽 바닥에 싱크대 문짝 하나를 방치해두고.

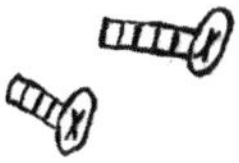

헤어지는 중입니다

서로 갈리어 떨어짐.

이별의 사전적 의미다. 붙어있던 것이 갈리어 떨어지는 게 이별이란다. 우리 참 많이 붙어 다녔는데. 그 많은 시간 동안 붙어 다니면서 같이 공부하고, 밥 먹고, 마지막엔 같이 울다가, 울다가, 울다가 갈리어 떨어졌다. 우리 이별했다.

우리가 어떻게 헤어지겠어. 함께한 시간이 이렇게 길고 긴데.

어디를 가도 온통 우리의 흔적뿐인데 우리가 어떻게 헤어져.
우린 절대 못 헤어져.

남들이 뱉었으면 콧방귀 뀌었을 법한 대사가 우리에겐 적용될 줄 알았다. 우린 절대 헤어지지 않을 줄 알았다.

역시 세상에 '절대'는 없었고 우리라고 예외일 수는 더더욱 없었다. 헤어지자는 말 한마디 내뱉고, 각자 갈 길을 걷고, 휴대폰에서 번호를 지우고, 함께 찍은 사진을 삭제하고, 몇 번을 울다가 지칠 때쯤 주위에 "나 헤어졌어"라고 알리면 된다. 그럼 헤어진 게 된다.

"얘들아 나 헤어졌어."

한 사람과 하는 세 번째 이별은 익숙해진 탓인지 모든 게 쉬웠다. 감정보다 이성이 앞섰기에 훨씬 더 수월했다. 서로 주고받은 상처들이 깊고 깊어 마음 대신 머리를 썼다. 어떻게 하면 상처받지 않을 수 있을까. 덜 상처 주려는 마음보다 더는 상처받지 않겠다는 마음이 커졌을 때 이별이 다가왔다. 지지부진

한 끝 중에서도, 진짜 끝이 있었다. 사랑과 정을 칼같이 나누다 헤어졌고, 사랑과 정이 다른 마음이 아니라는 걸 깨닫고 다시 만났다가, 사랑은 정과 다르다는 걸 느끼면서 헤어졌다.

"나 이번엔 진.짜. 헤어졌어."

아빠의 선물

아빠의 생일이었다. 이번 달은 연이은 지인들의 결혼식, 충동적으로 결제한 비행깃값, 새로 시작한 취미활동 때문에 잔고가 남아나지 않았는데 엄마의 생일에 뒤이어 바로 아빠의 생일이 왔다. 카드값 걱정부터 했다. 백화점에서 무수한 '0'에 압도당해 한숨만 쉬다가 겨우 선물 하나를 골라 터벅터벅 예약된 식당으로 갔다.

오랜만에 함께 모인 가족 식사. 내가 선물을 꺼내기도 전에 아빠는 언니와 내게 줄 게 있다고 하셨다. 예쁘게 포장된 묵주 팔찌였다.

"아빠 나도 이제 성당 다닐까? 종교 있는 사람들이 가끔 부러워."

스치듯 한 말이었는데 기억하고 계셨나 보다. 아빠가 묵주 팔찌를 선물한 건 이번이 두 번째다. 큰아버지가 뇌출혈로 쓰러진 뒤 성당을 열심히 다니기 시작한 아빠는 우리에게 '성당 다니자'라는 말 대신 묵주 팔찌를 선물해주셨다. 그게 우리를 보호해줄 거라고 하셨다. 그때가 딱 10년 전, 18살 때다. 세상 모든 것에 불신이 가득해 종교 활동은 나와 맞지 않는다고 외쳤던 고딩이었지만 첫 번째 묵주 팔찌와는 꽤 잘 지냈다.

고3 내내 그 묵주 팔찌를 빼지 않았다. '이번 시험에선 실수하지 말자', '떨지 말자', '공부했던 것만큼은 까먹지 말자'는 다짐을 묵주 팔찌와 함께했다. 부모님의 기대와 나의 욕심이 겹겹이 쌓여 꽤 묵직해진 묵주 팔찌는 시험을 보다가도 종종 쳐다보게 됐다. 신을 믿는다기보다는 불안했던 시절 기댈 곳이었다.

20살이 지나 무언가를 간절히 바랄 일이 희미해짐과 동시에 그 묵주 팔찌의 행방도 묘연해졌다. 나란 인간은 이렇게 간사하다.

그 이후 두 번째 맞이하는 묵주 팔찌. 이번 건 색이 너무 화려해서 부담스러운 게 특징이다. 아줌마 액세서리 같아서 못하겠다는 내게 아빠는 "그래도 하고 다녀. 이게 너희를 보호해주는 거야"라며 굳이 묵주 팔찌를 채워주셨다. 난 신을 믿지도 않는데 그 많은 신자를 놔두고 나를 보호해준다니, 그분들이 알게 되면 엄청 서운한 일 아닌가? 괜히 한 번 더 툴툴거렸지만 카드값 걱정이나 하면서 선물을 골랐던 나와 달리 진심을 담아 묵주 팔찌를 가져온 아빠의 마음에 숙연해져 풀지 않았다.

그리고 바로 다음 날, 두 번째 묵주 팔찌 역시 제 역할을 톡톡히 했다.

아빤 나에게 곧 눈물겨운 일이 닥칠 거란 걸 어떻게 알고 묵주 팔찌를 건넨 걸까. 내 인생에서 간절하게 바라는 일이 또 생길

지 어떻게 알고 두 번째 묵주 팔찌를 채워주신 걸까. 샤워하면서 나도 모르게 꼭 차고 있는 묵주 팔찌를 보며 이 기가 막힌 타이밍에 눈물이 났다. 아빤 내게 기댈 곳이 필요할 걸 아신 것만 같다. 신보다 크게 느껴지는 아빠의 위대함이다. 이게 묵주 팔찌와 함께하는 기도인지, 주먹을 쥔 다짐인지는 모르겠지만 간절히 바란다.

이제 정말 끝낼게.

나는 세상의 중심이 아니다

집에 TV가 없어 드라마를 보지 못하는 내가 무슨 수를 써서라도 챙겨보던 〈청춘시대〉가 시즌2로 돌아왔다.

〈가을동화〉, 〈그들이 사는 세상〉, 〈네 멋대로 해라〉 뒤를 잇는 인생 드라마다. 장단점이 명확한 캐릭터들은 내 과거 또는 친구들과 닮아있었고 그 캐릭터들이 가감 없이 뱉어내는 대사들은 심장을 콕콕 찔러 눈물 쏟게 했다. 매회 꼬박 챙겨보고 핵심장면은 다시 찾아보고 대사는 곱씹었다. 울며불며 봤던

〈청춘시대〉가 또 어떤 대사들로 내 마음을 흔들까 첫 방송만을 기다렸다.

1회가 지나고, 2회, 3회, 5회……. 회를 거듭할수록 실망만 커졌다. 특히 유은재라는 21살 대학생 이야기가 나올 때면 빨리 감기를 하고 싶었다. CC였던 전 남자친구를 개강총회에서 마주칠까 겁내고 그가 다른 여자를 만날까 노심초사하는 캐릭터는 유치해서 봐줄 수가 없었다. 헤어진 지 얼마나 됐다고 소개팅을 하냐며 열 내는 유은재를 보면 한숨만 났다.

왜 그렇게 견딜 수 없었을까? 1년 사이에 내가 '청춘'이라는 단어에 한 발짝 멀어져버린 걸까? 이제 꼰대가 다 돼서 풋풋한 첫사랑 이야기엔 감정이 무뎌져버린 걸까? 나도 이제 이혼, 바람, 복수 등 자극이 넘쳐나는 드라마를 볼 때인가?

이걸 계속 봐 말아 하며 7회를 다 돌려볼 때쯤 유은재 대사 속에서 발견한 것은 다름 아닌 나였다. 이미 나를 다 지워버린 사람 근처에서 허우적대는 유은재의 모습은 내 모습이었다. 유독 그 캐릭터를 볼 때면 유치함과 답답함에 몸서리쳤는데 그 속에 내 과거와 현재가 뒤섞여있었다.

정말 견딜 수 없던 것은 나를 객관화하는 것이었다.

나 없이는 무너져 버릴 줄 알았던 세상이 평화를 되찾는 걸 부정하고, 내가 없어도 아니 내가 없어서 더 행복한 세상을 확인하며 안절부절 하고, 내 삶의 중심에 다른 사람이 우뚝 서있어서 사소한 것에 흔들리고, 노력해도 되지 않는 것이 있다는 걸 받아들이기 힘들어하는 유은재의 모습 안에 내가 있다.

헤어진 남자친구의 SNS를 일과처럼 체크하고 행복하게 잘 살라고 외치면서 "나보다는 조금만 덜……"을 주절거리게 되는 비겁한 나는, 꼰대는 무슨 21살의 연애감정에서 한 발짝도 성장하지 못한 나는 유은재가 싫었다.

굳이 캐고 싶지 않았던 내 미숙함과 인정하고 싶지 않았던 내가 중심이 아닌 세상을 〈청춘시대〉와 유은재를 통해 다시 한 번 깨닫는다.

또 한편으론 21살의 이야기에 마음이 동요하는 내가 아직은 청춘인 것 같아 안심이다.

나약한 인간이라

혼자 일어나서 혼자 머리를 감고 혼자 밥을 먹고 혼자 노래를 듣고 혼자 책을 읽는다. 혼자 있는 집에서 자연스럽게 흘러가는 일상은 모든 것이 여유롭고 편하다. 그런데 여기서 갑자기 다른 변수가 작용할 때.

몸이 아파 혼자서 일어날 수 없거나
머리를 감는데 갑자기 뜨거운 물이 나오지 않거나
빨래를 하려는데 세탁기가 작동하지 않거나

노래를 듣는데 슬픈 가사가 나오거나
책을 폈는데 너무나 재미있는 구절을 발견했거나 할 때.

그냥 물 흐르듯이 흐르는 일상에서 예측할 수 없는 상황이 발생하면 인간이란 참 나약한 존재라는 걸 느낀다. 아플 땐 가족이 그렇게 그립다. 세탁기가 작동하지 않으면 바로 달려와줄 사람이 있었으면 한다. 슬픈 노래에 마음이 요동치면 '요즘 이 가수 가사 너무 슬프지 않아? 이별했나봐'라고 말하고 싶다. 책을 읽다 재미있는 구절을 발견하면 '여기 이 부분 한번 읽어봐 진짜 웃겨'라며 함께 웃고 싶다.

신은 인간을 왜 이토록 나약하게 만들어서, 나는 왜 이토록 연약하게 자라서, 이게 뭐가 그렇게 버겁다고.

사람들과 모여서 시시콜콜한 이야기를 나누는 시간보다 혼자 조용히 있는 시간을 좋아한다. 와르르 모여 왁자지껄하게 지내는 순간은 한 달에 한 번이면 족하다. 이렇게 혼자 있는 시간이 더 편한 나인데도 작은 변수 하나에 주저앉는다.

내 살이고 내 삶이다

겁이 많고 몸이 아픈 걸 정말 못 견디는 내가 피어싱에 도전했었다. 귓불은 어릴 적에 뚫었지만 연골이 있는 부분을 뚫는 건 처음이었다. 피어싱 가게에 찾아가 원하는 부분을 말했다. 일명 '신민아 존'이다. '예뻐지려면 이 정도 아픔은 감수해야지' 하며 두 눈을 질끈 감고 주먹을 꽉 쥐었다. 엄청나게 두꺼운 바늘로 두둑! 뼈를 관통하는 소리와 함께 피어싱 도전은 마무리됐다.

걱정했던 것보다 아프지 않았고 생각보다 짧은 시간 안에 마무리됐다. 막상 해보니 별거 아니었다. 예쁜 것보다 뿌듯한 마음이 생겨 자꾸 거울을 보게 됐다. 피어싱이 체질인가 싶을 정도로 통증 하나 없었다.

그런데 한 1주일 정도 지났을까? 염증이 생겼다. 피가 나고 딱지가 지고 심지어 붓기까지 했다. 그때마다 소독해도 툭하면 피가 나고 딱지가 생기고 무한 반복이다. 아무리 관리를 해도 좀처럼 자리를 잡지 못한다.

한번 상처가 난 곳엔 완벽한 치유란 없나 보다. 몸의 상처도 마음의 상처도 아예 아무는 일은 없다. 귀를 뚫은 지 10년이 넘은 사람도 이상한 귀걸이를 하고 나면 부어오른다고 한다. 시간은 상처를 무뎌지게 해줄 뿐, 없던 일로 만들어주지 못했다.

새로운 사람을 만날 때면 지난 경험들이 스쳐지나간다. 그게 자연스럽지 않다는 생각에 새로운 인연에 마음을 열지 못한다. 때때로 영화 〈이터널 선샤인〉에 나오는 '기억을 지워주는

병원'이 존재했으면 한다. 어떤 생각도 안 나게 해주는 사람을 찾지만 그런 사람은 세상에 존재하지 않는다는 것도 안다. 안고 가야 한다. 이토록 무거운 마음까지도.

한번 상처가 난 곳은 쉽게 덧나기 마련이므로 적절히 치료하면서 살아야 한다. 염증이 나면 소독을 하면서, 부어오르면 약을 발라주면서. 아예 없던 것처럼, 아무 일도 없던 것처럼, 관심을 안 가지려 모른 척하면 더 덧날 뿐이다. 받아들이고 안고 가자. 내 살이고, 내 삶이다.

마음의 무게와 몸의 무게의 상관관계

오랜만에 체중계 위에 올라갔더니 익숙하지 않은 숫자가 당당하게 나를 쳐다보고 있었다. 어이없는 숫자다.

몸무게가 잘 변하지 않는 체질이었는데 덴마크 다이어트니 선식 다이어트니 이런저런 다이어트를 하고 나서는 체질이 변했는지 3~5킬로그램까지 몸무게가 쉽게 오락가락한다. 몇 개월 전에는 효과직방이라는 맘고생 다이어트를 체험했다. 식음을 전폐한 것도 아닌데 마음이 무겁다는 이유로 살이 빠졌다. 이

다이어트는 신체를 무기력하게 하고 수분을 다 빼앗아가 체중계 숫자를 쉽게 줄여주지만, 딱히 어디가 특별히 날씬해지는 건 아니다.

아마도 마음이 무겁다는 걸 몸이 제일 먼저 알아채나 보다. 그리고는 '나라도 가벼워질게' 하면서 체중을 줄여준다.

이 다이어트의 요요현상은 마음이 가벼워지면 다시 몸무게가 늘어난다는 것이다. 지금 몸무게를 보니 마음이 참 가벼운 듯하다. 마음의 무게가 5그램 정도 되려나? 어느새 통통해진 거울 속 내 모습이 썩 좋지 않지만 다이어트는 더더욱 싫다.

맘고생 다이어트는 두 번 다신 안 할래.

뭐 별거 아닌데

사람마다 첫사랑의 추억이라든지, 옛 연인과의 기억이라든지 마음에 품고 있는 게 있을 거다. 어떤 향수 냄새를 맡으면 그 사람이 생각난다든지 어떤 노래를 들으면 그 상황이 떠오른다든지 하는 것 말이다. 별거 아닌 장소 한 곳이 나에겐 깊게 남아있다. 로맨틱함과는 다소 거리가 먼 대형마트가 바로 그곳이다.

20대 초반, 돈보다는 시간이 많았던 그때는 남는 시간을 어떻게 보내야 하는지 몰랐다. 그저 돈이 많이 안 들고 시간이 스르륵 흘러가는 곳이면 좋았다.

나의 주말 데이트는 대형마트에서 마무리됐다. 주말이면 시식코너가 활성화되는 마트에서 카트 하나를 끌고 이곳저곳 다니면서 고기를 시식했다. 물건을 살 것처럼 연기를 하기도 했다. 가족들과 마트를 갈 때는 잘 보지도 않던 미숫가루 같은 것도 빼놓지 않았다. 삼겹살을 먹고, 불고기를 먹고, 미숫가루를 마시고, 홍초 음료도 마셨다. 사지도 않을 물건들의 가격도 비교했다. 카트 하나를 같이 끌면서 이거 살까 저거 살까 연기를 하면서 음식을 하나씩 주워 먹는 건 일종의 소꿉놀이였다. 어릴 적 놀이터에 모여앉아 모래로 밥을 짓고 돌로 나뭇잎을 다져서 반찬을 만들던 그때의 놀이 말이다.

정작 마트에서 나올 때 우리의 손에는 고작 배스킨라빈스 콘 아이스크림 하나뿐이었다. 아이스크림을 다 먹을 때쯤엔 각자의 집으로 가는 버스정류장에 도착했고 그렇게 주말 데이트는 막을 내렸다. 마트에서의 소꿉놀이는 모든 것이 자연스러웠고 지극히 일상적이었지만, 묘하게 일탈하는 듯한 느낌을 줬다.

그 뻔했던 주말이 몇 년이 흐른 뒤 가장 진한 추억으로 남을 줄은 꿈에도 몰랐다.

작은 종이컵, 초록색 이쑤시개, 언제나 한 손에 쥐고 있던 배스킨라빈스 민트초코칩.

아이스크림을 얼마 먹지 못한 채 떨어뜨려 마트 앞에서 좌절했던 그날, 마트 입구에 있던 대형 트리와 기념사진을 찍었었던 크리스마스이브, 별거 아니었는데 돌아보면 소소하게 웃음 나는 그런 날들.

돌아보니 진짜 유치하고
귀엽다.

나의
동굴 속에서

긴긴 겨울이 지나갈 때 마지막 몸살을 끝냈다. 날씨만 추워지면 편도가 부었다가, 코감기에 걸렸다가, 몸살이 왔다. 독립한 뒤 병원에 가는 빈도가 잦아졌다. 원인은 집에 있었다.

5층 빌라에 5층 집. 추울 땐 춥고 더울 땐 덥다는 옥탑방이 바로 우리 집이다. 난방을 풀가동 하고, 전기장판 온도를 끝까지 틀고 잤는데도 집은 싸했다.

잠결에 침대 옆 벽을 짚었을 때 이유를 알게 됐다. 아무리 바닥을 뜨겁게 달궈도, 찬 기운은 벽을 타고 올라왔다. 좁은 틈 사이로 바람이 새어 들어왔다. 기관지가 약한 편이라 그 미세한 바람에 계속 지고 있었던 거다.

해결책으로 난방 텐트를 장만했다. 겨울철 난방비를 획기적으로 줄여준다는 그 아이템 말이다. 침대 위에 텐트를 치고 난방을 돌리고 전기장판 온도도 끝까지 틀었다. 텐트의 위력은 듣던 대로 대단했다. 우선 찬 벽과 침대를 분리해줬고, 전기장판의 뜨거운 열기를 텐트 안에 가둬줬다. 5만 원을 투자하고 건강을 얻었다. 난방 텐트를 치고 난 뒤로는 감기에 걸리지 않는다.

작은 우리 집은 세상과 단절된 나만의 아지트 같은 느낌을 줬는데, 그곳에서 텐트에 한 번 더 들어가니 정말로 깊은 동굴 속으로 들어온 것 같았다. 몸살감기를 치료해 준 동굴 속에서 마음의 감기도 치유했다.

> 나만의 동굴을 준비합니다. 그리고 가끔 그 안에 들어가 숨습니다. (……) 그곳에서 머리를 비우고, 생각이 가득 차오르기

를 기다리는 겁니다. 짐승들이 몸을 다치면 자기만의 은신처 에 웅크리고 누워 몸이 회복되기를 기다리는 것처럼 말이죠.

– 유병욱 『생각의 기쁨』 중에서

주말에는 말 한마디 하지 않고 휴대폰도 보지 않고 사람들도 만나지 않고 혼자 동굴 속에서만 시간을 보냈다. 참을 수 없는 기운이 온몸을 짓눌러 침대 깊숙한 곳까지 끌고 들어갔었다. 그 상태면 저 지구 끝까지도 파고 들어갈 수 있을 듯했다. 중2병 말기 환자처럼, 우울에 중독된 사람처럼 또 다른 우울을 찾아 헤매는 내 모습을 소름 돋아 하며 몸을 녹였다. 마음과는 다른 현실에 여기저기 스크래치가 가득해 동굴 속에서 웅크리고 있었다. 나중엔 동굴에서 소설책은 읽지 말자는 나만의 규칙을 세웠다. 영영 나오지 못할까 봐 조금 두려웠다.

겨울잠을 자고 일어나 텐트를 걷고 나니 키가 조금 자란 느낌을 받았다. 수많은 사람들의 입에 오르내리는 〈이터널 선샤인〉을 괴기스럽다고만 생각했는데, 혼자서 3번이나 돌려봤다. 이 세상에 얼마나 많은 감정의 종류가 있는지 모르지만, 동굴 속에서 나의 감정 스펙트럼은 한 단계 넓어진 게 분명했다. 소주

한 병에 눈물 콧물 쏟으며 우는 후배의 모습이 웃긴다며 엽사를 남기던 내가 이젠 후배를 토닥토닥해줄 수 있을 것만 같다.

긴긴 겨울병을 깼다.

3부

이십팔춘기

두 팔 벌려
동그라미를 그려봐

내가 생각해도 난 그냥 적당히 잘 자랐다. 엄마는 "작은딸은 거저 키웠지"라는 말을 자주 하셨는데, 큰 문제 일으키지 않고 자랐다는 뜻이다. 어른들 말에 무조건 순종했던 건 아니었지만, 나쁜 아이 경계선을 밟아본 적은 없다. 원 안에서 힘껏 뛰어다니다가도 경계선 앞에서는 주춤했다. 나에겐 착한 아이 프레임이 씌워져있었다. 마음은 벗어나고 싶어도 그 프레임을 찢어버릴 생각은 하지 않았다. 소심한 성격 탓일 수도 있고 부모님이 슬퍼하는 걸 보고 싶지 않아서일 수도 있다.

마음속에는 반항아 여러 명이 살고 있었다. 학교의 각종 규제를 모조리 싫어했었다. 두발규정과 교복제도를 온전히 이해해본 적이 없었고 특별한 이유 없이 매를 드는 선생님들에게 반감이 있었다. 하지만 내가 하는 비뚠 행동이라곤 교복치마 앞단을 살짝 트는 정도였고, 선생님에게 혼날 때 눈치 채지 못하게 살짝 짝다리를 짚는 거였다. 속에서는 제멋대로 하고 싶은 마음이 마구 솟구쳤지만, 소심한 반항 정도로 마무리했다. 그게 원 안에서의 작고 유일한 뒤척임이었다.

'동그라미를 그려봐. 그다음에 네모를 그려봐'라고 하면 난 동그라미를 그린 뒤 무의식적으로 동그라미 안에 네모를 그린다. 내 안에 잠재된 성향이 그렇다. 한번 정해진 울타리는 쉽게 벗어나지 못한다는 뜻이다.

"이 추운 날 왜 교복을 입어야 돼? 교복은 왜 치마인데?"라고 투덜거리면서도 6년 내내 학교에서 정해주는 교복 치마를 입었다. 학교에선 여학생들에게 긴 바지를 입을 선택권을 소극적으로 제시했지만 그 선택지를 적극적으로 고르지 못했다. 튀고 싶지 않았고, 유난떨고 싶지 않았다. 그렇게 적당히, 남들처럼, 다수가 고른 선택지를 나도 함께 골랐다. 결국 교복 치마를 고수한 것처럼 진로를 고르고, 장래를 택했다. 그렇게 말 잘 듣는 착한 아이, 적당한 아이로 자랐다.

나 자신도 내가 답답해 울타리를 깨보려 망치질을 하다가도 모든 게 다 무너져버릴까 금방 멈췄었다. 나란 인간은 한번 갇힌 원 안에서 도무지 벗어나지 못한다는 걸 파악한 후로는 원을 조금씩 넓혀보기로 했다. 원 밖에 있는 사람들을 만나고, 다양한 사건을 접하면서 소극적인 꿈틀거림이 단순한 뒤척임으로 끝나지 않길 바랐다.

부모님의 울타리를 벗어나 독립하게 된 것도 동그라미가 넓어지는 큰 계기가 됐다. 어릴 때의 나라면 하지 않았을 행동을 하는 나를 보고 부모님은 걱정스러운 말씀을 꺼내시기도 한다.

"어릴 때는 속 한번 안 썩였는데 얘는 다 커서 왜 이럴까."
"엄마, 난 내가 하고 싶은 건 꼭 해야 해. 그렇게 태어났나봐. 나도 어쩔 수 없어."

걱정에는 극단적으로 대답한다. 일명 충격요법이다. 하지만 엄마와 나, 우리 둘은 알고 있다. 내가 아무리 나하고 싶은 대로 다 할 거라며 외쳐도 절대 선은 넘지 못할 거란 걸. 이런 성향을 모른 채 그냥 살았다면 아마 더 작은 원에서, 더 좁은 세상에서 꿈틀거림도 멈춘 채 살아갔을 테지. 언제나 적당한 선택지를 고르며, 내가 누구인지도 모른 채로.

동그라미, 네모, 세모를 넘나드는 친구들을 동경하며 매번 다시 한번 동그라미를 크게 그리고 다시 더 크게 크게 그려본다. 내가 뛰어놀 수 있는 세상이 더 넓어질 수 있길 바라며.

머리색
또 바꿨네

머리색을 또 바꿨다. 한동안 샛노란 탈색 머리를 하다가, 투톤으로 파란색 머리를 했다가, 다시 온 머리를 빨갛게 물들였다가, 이젠 염색이 다 빠져 밝은 노란 머리가 되었다.

온 동네 사람들이 다 모이는 결혼식에 노란 머리를 풀어헤치고 나타나자 엄마는 나를 못 본 체했다. 엄마는 신랑 측 하객, 나는 신부 측 하객이라는 명분으로 아예 저 멀리 떨어진 채 결혼식을 관람했다.

엄마는 결혼식이 끝난 뒤 짧은 카톡 메시지를 남기셨다.

'작은딸아, 머리끝도 다듬고 색깔도 바꾸세요. 이제 나이가 서른이 다 되어가는데 노란색은 좀 아니지 않나 싶어요. 노란 머리가 불성실해 보여요.'

그 시점부터 우리의 가치관 전쟁이 시작됐다. 탈색하고 염색해서 상한 머릿결을 관리하는 일이 얼마나 수고스러운데 성실하지 않다니! 나만큼 머리에 성실한 사람이 또 어디 있다고.

결혼식 자리에서 누군가 내 머리가 나이에 맞지 않는다는 식의 이야기를 엄마에게 건넸나 보다. 어른들은 단정한 복장에 검은 머리를 한 모습만이 아름답다고 규정해 놓은 듯하다. 아무 뜻 없는 이 노란 머리 하나로 괜한 불효를 한 것 같아 마음이 불편했지만 그런 시선에 맞춰 변화할 생각도 없다. 이건 성실과 불성실 같은 인생의 태도 문제가 아닌 스타일의 차이일 뿐이다.

이상하게 어릴 적부터 머리를 가만히 두지 못했다. 초등학생 땐 엄마에게 조르고 졸라서 노란 브릿지를 했었고 중학교 때부터는 방학마다 염색을 했다. 방학에도 학교를 나가야 하는 고등학교 땐 염색 대신 파마를 했다. "고등학생 아니에요?"라고 묻는 미용실 언니에게 "대학생인데요"라고 뻔뻔하게 거짓말을 하고 머리를 볶는 도중엔 영어단어를 외웠다. 애써 한 머리를 들킬까 봐 학교에서나 집에서나 꼭꼭 숨기고 다녔으면서 또 다른 머리가 그렇게 하고 싶었다. 초등학생 때부터 지금까지. 중간중간 '이제 그만해야지'란 마음으로 단정하게 자르고 검은색을 입혀보기도 했지만 길어봤자 1년을 넘지 못했다.

평범한 외모에 낯을 많이 가리는 성격이라 "여성스럽다", "참해 보인다"라는 말을 많이 들었다. '저 그런 애 아닌데요'라고 보여줄 수 있는 게 머리였던 것 같다. 고분고분 착해보이고 싶지 않다는 유일한 표현수단이었달까. 아마 노란 머리로 가득한 학교를 다녔다면 이 검은 머리에 손을 대지 않았을 수도 있겠다.

학생 땐 규정을 어기는 쾌감으로, 성인이 돼서는 정체성을 찾는 도구로 탈색과 염색을 했다. 머리 하나로 인상을 확확 바꿀 수 있다는 측면에서 밋밋한 이목구비는 장점이다. 한 가지 얼굴로 여러 사람이 되어볼 수 있다. 검은색 생머리로 청순한 사람이 되어보기도 하고 보라색 머리로 신비로운 사람이 되어보기도 한다. 단발머리로 발랄한 느낌을 내보기도 하고 긴 머리로 성숙한 느낌을 내보기도 한다. 쉽게 말해 화장 같은 거다.

"머리색 또 바꿨네?"라는 질문 뒤에 따라오는 "언제까지 그럴래?"라는 말에는 답을 못 하겠다. 다만 "이제 너도 서른인데", "너도 나이 먹을 만큼 먹었는데"라는 말에는 큰소리로 대꾸할 수 있다.

"그게 뭐 어때서? 어릴 땐 어리니까 하지 말라고 하더니……."

내 맘대로 되는 거 하나 없는 세상인데 고작 머리 하나도 마음대로 못 바꾼다면 너무 슬프지 않겠나. 철없어 보인다고 이야기하는 사람에겐 되레 철없이 굴어보라고 권유하고 싶다. 한 가지 머리색으로 살아왔다면 과감한 변신을 한번 시도해보라고. 머리에 따라 옷도 바뀌고 행동도 바뀌는, 나도 몰랐던 나의 모습을 발견하게 될 테니까.

이 알록달록한 여행이 언제 멈출지 모르겠지만 백발 할머니가 되어서도 노란색, 초록색 머리를 선택할 수 있는 용기가 있었으면 좋겠다. 아니 그때는 그게 그리 용기 있는 일이 아니라면 더 좋겠다.

다른 어른이 되어 볼게요

어릴 때 좀 더 다양한 어른을 만났다면 어땠을까 한다. 자라면서 봤던 어른은 극히 한정적이었다. 부모님과 학교 선생님을 주축으로 친척 어른들과 부모님의 지인 정도가 전부였다. 그들은 모두 나를 비슷한 인생으로 안내했다. 책상에 열심히 붙어있고 좋은 대학에 들어가고 안정적인 회사에 취업해 적당한 시기에 결혼하고 자녀를 2명 정도 낳아 기르는 인생. 그리고 그렇게 살아온 어른들만 있었다. 내 눈앞엔.

자연스럽게 남들이 말하는 좋은 대학을 꿈꿨다. 그게 100세 인생을 결정지을 유일한 키라고 생각했다. 주위 어른들도 대부분 대학이름으로 스스로를 소개했다. 공부는 싫었지만 남들이 말하는 좋은 대학엔 가고 싶었다. 행복한 삶을 살고 싶었으니까. 대학이 결정되고 나서도 나보다 좋은 대학에 다니는 친구는 더 나은 삶을 살게 될 것 같았다.

깊게 의심하지 못했다. '정말요? 그렇게만 살면 행복해지는 거예요? 삶은 그렇게 단순한 거예요?' 국영수사를 열심히 공부하는 것 외에도 다른 선택지가 있다는 건 어른들도 몰랐던 걸까?

이런 내게 〈고등래퍼〉라는 프로그램은 충격적이었다. 고등학생 래퍼들은 딱 그 시기에만 가질 수 있는 감수성과 생각들을 거침없이 내뱉고 있었다. 나다운 것, 솔직한 것이 멋이라며 자기다움을 찾으려는 그들의 가사는 어떤 책보다 큰 울림을 줬다. 기성 래퍼들보다 실력이 높고 낮음은 중요하지 않았다. 그 프로그램은 음악 프로그램이 아닌 청소년 프로그램으로 다가왔다. 비트에 맞춰 꿈에 대한 간절함과 세상에 대한 불안함을 내뱉는 그들의 모습을 보면 나도 함께 끓어오르는 기분이었다. 충분히 방황하고 깊게 고민하는 그들은 10대를 정면으로 겪어내고 있었다.

빈첸의 〈그대들은 어떤 기분이신가요〉라는 노래의 한 구절이다. "엄마 아들은 자퇴생인데 옆방에 서울대 누나는 나를 보면 어떤 기분이신가요." 나의 10대 시절은 그들의 가사만큼 격동적이지 않았다. 주어진 길을 잘 따라가보려 아등바등 한 적은 있지만, 다른 길이 있을까 여기저기 기웃거린 적은 없었다. 자퇴는 감히 상상조차 한 적 없었었는데 〈고등래퍼〉에 출연한 많은 친구가 학교를 다니지 않고 있었다.

만약 음악에 더 집중하고 싶어서 학교를 자퇴한다는 한 소년이 내 옆자리 친구였다면 난 그를 말렸을 것 같다. 음악으로 성공할 수 있으니 학교에 나가지 않겠다고 말하는 한 소년이 내 아들이었다면 난 어떤 수를 써서라도 학교로, 책상 앞으로 돌려보냈을 것 같다. 그가 정말 음악적 재능이 있는지 없는지 알려고 하기보다는 말리고 설득하고 협박하는 말을 했을 것 같다. 왜 너만 세상의 규칙을 어기려 하냐고 말이다. 그저 학교와 공부가 싫어서 하는 치기 어린 반항쯤으로 여겼을 것 같다. 하지만 그들의 이야기에 귀 기울여보니, 누구보다 깊게 고민하며 스스로 길을 개척해나가려는 책임감 있는 예술가를 만날 수 있었다.

이제 내가 할 수 있는 건 기존과는 다른 어른으로 나이 먹는 거다.

너 지금 반에서 몇 등 해?
열심히 공부해야 훌륭한 사람이 되지.

주위 어른들에게 수없이 들어왔던 이런 이야기는 접어두고, 뭘 할 때 가장 행복한지, 지금 가장 아끼는 건 무엇인지, 저 나라에 가면 얼마나 즐거운 것들이 존재하는지에 대해 이야기하고 싶다. 그리고 어른들 말을 고분고분 잘 듣는 학생으로 자라지 않아도 괜찮다고. 적어도 학교에서 좋은 성적을 얻는 것이 어른들이 말하는 착한 아이라면.

말 잘 듣는 아이처럼 굴지 않아도 돼.

음미체, 음미체

가장 싫어했던 과목이 뭐였는지 이야기하면 아마 많은 사람들이 수학을 지목할 것 같다. 반면 나는 대부분의 친구들이 좋아했던 음악, 미술, 체육을 싫어했다. 수학 시간보다 체육 시간이 고통스러웠다. 이유는 여러 가지가 있었는데, 내 이름이 'ㄱ'과 'ㅏ' 조합으로 시작된다는 이유로 반에서 내 번호는 언제나 1번 또는 2번이었다. 그건 아이들의 집중도가 가장 높을 때 첫 타자로 실기 테스트를 봐야 한다는 운명과 함께했다. 뜀틀과 줄넘기를 가장 먼저 넘어야 했고, 단소와 리코더를 가장 먼저 불어야 했다. 음악도, 체육도, 미술도 그 어떤 것에도 장기가 없었던 나는 그 상황이 너무 싫었다. 모든 친구들이 보는 앞에서 단점을 드러내야 하는 시간 같았다.

그렇다고 그 상황을 극복하기 위해 노력을 쏟지도 않았다.

어린 나는 합리적인 척 꽤나 머리를 굴렸었는데, 음미체는 인생에서 영양가가 '제로'라고 결론지었다. 수능 과목에 음미체 따윈 없었고 대학 내신 성적에도 음미체 점수는 반영되지 않았다. 그야말로 아무짝에도 쓸모없는 시간이었다. 체육복을 갈아입는 시간도, 미술실로 이동하는 시간도 낭비라고 생각했다. '이 시간에 영어 단어를 몇 개나 더 외울 수 있는데' 싶었다. 고학년으로 올라갈수록 학교에서도 수능에 집중하라며 음미체 시간을 줄였고, 일주일에 몇 번 없던 체육 시간도 대부분 자율학습 시간으로 바뀌었다. 비로소 고통에서 벗어날 수 있게 된 거다.

최근엔 이 아이러니함에 웃음이 난다. 성인이 되어선 월급의 큰 부분을 음악과 체육을 배우는 데에 쓰고 있기 때문이다. 그렇게 미워했던 시간들이었는데 지금은 체육을 하겠다며 헬스장에 가고, 필라테스를 등록하고, 달리기할 때 입을 옷을 산다.

그리고 그 아이러니의 끝판왕에는 음악이 있다. 피아노 학원을 가는 날이면 가기 싫다고 울다가 퉁퉁 부은 눈으로 마지못해 학원으로 향했고, 학원 문 앞에서도 몇 번 주저주저하다가 문을 열고 들어갈 만큼 피아노가 싫었다. 그런데 이제 와서는 그때 제대로 배워두지 않은 걸 아쉬워하며 열심히 번 돈의 일정 부분을 턱 하니 악기를 배우는 데 쏟고 있다.

인생에서 아무 영양가 없을 거라 여겼던 음악 시간은 삶에서 없어서는 안 될 시간이 되었다. 지구의 산소탱크가 아마존이라면, 내 인생의 산소탱크는 음악이라고 말할 수 있을 정도다. 삶에 활력을 주고 숨통을 트이게 해주는 것이, 그토록 싫었던 음악과 체육이라니. 왜 그 과목들을 점수로만 대했을까, 왜 그렇게 무미건조한 생각만 했을까 아쉽다. 우리가 조금 더 일찍 만났더라면 더욱 든든한 친구로 지냈을 수 있었을 텐데…….

나의
전기자전거

전기자전거가 생겼다. 전기자전거는 페달 대신 모터로 굴러가고, 기름 대신 전기로 작동한다. 한마디로 전기만 충전하면 발을 구르지 않아도 어디든 타고 갈 수 있다. 한 번 충전하면 최소 40킬로미터는 가고 시속은 대략 20킬로미터 정도다.

전기자전거는 주로 출퇴근 교통수단으로 쓰고 있다. 집에서 회사까지의 거리는 대략 4킬로미터 정도인데 자전거를 타고 가면 15분 정도가 걸린다. 잠이 덜 깬 상태에서 계단을 오르락

내리락하며 사람들 사이를 비집고 지하철을 타는 게 없던 숙취도 생기게 하는 기분이라면, 자전거를 타고 씽씽 달리는 건 해장을 하는 기분이다. 그만큼 전기자전거는 빠르게 나의 생활필수품이 됐다.

좋은 노래를 만나거나, 싱숭생숭한 기분이 들 때도 큰 도움이 됐다. 전기자전거와 함께 종종 드라이브를 나가는데 올림픽공원역에서부터 송파역까지가 주 코스다. 이 코스의 자전거 도로는 조금 특별하다. 자전거 도로가 차도 쪽으로 뚫려있다. 자동차 차선의 일부처럼 말이다. 물론 차와 마찬가지로 우측통행 규칙까지 동일하게 적용된다. 그 자전거 도로에서만큼은 사람들 사이를 요리조리 피하지 않아도 돼서 마음껏 싱싱 달릴 수 있다. 심지어 큰 나무들이 쭉 심어져있어 풍경도 얼마나 예쁜지 모른다.

노래 하나에 꽂히면 그 곡만 무한재생 하곤 하는데 그때 이 길이 안성맞춤이다. 가만히 앉아서 노래를 듣는 것보다 도로를 달리면서 듣는 그리고 따라부르면서 듣는 쾌감이 엄청나다. 무거운 마음을 집까지 가져가고 싶지 않을 때도 역시 이 길이 좋다. 살짝 경사진 도로라 자전거를 애써 굴리려고 하지 않아도 적당한 속도로 미끄러져 내려간다. 옆 차선 차들은 쌩쌩 내달리고, 나무들이 빛과 어둠을 적당히 나눠주면 나는 익룡처럼 "으아아!!!" 소리 지르며 자전거를 탄다. 그러면 무거운 마음을 조금은 털어내는 기분이 든다.

그 근방에서 누군가 소리지르며 자전거를 타고 있다면 '좋은 노래를 만났나보네' 또는 '마음이 어지럽나보네' 하고 생각해 주시길…….

네,
가을 탑니다

한여름에 태어나서 그런지 사계절 중 여름을 가장 좋아한다. 여름 하면 대표적으로 떠오르는 따가운 햇볕, 저녁 늦게까지 지지 않는 해, 그리고 "아 오늘 지인짜 덥네" 하며 시원한 음료 한 잔 탁 들이켜는 순간까지 모두 좋다.

반대로 가장 견디기 힘든 계절은 가을. 차라리 눈보라 치는 겨울이 낫지 언제 더웠냐는 듯 훅 찾아오는 가을은 언제나 버겁다. 그 계절은 예고 없이 찾아와선 힘껏 외친다.

'내가 언제 그렇게 뜨거웠다고!'

분명 며칠 전까지만 해도 뜨거웠는데……. 가을은 참, 사람을 눈치 없게 만든다. 항상 가을이 다가오는 속도보다 옷장을 정리하는 속도가 느려 얇은 옷을 입고 가을바람을 맞게 된다. 그 찬바람엔 내 속에 있던 어떤 것도 함께 쓸려가는 기분이다.

지난 일요일, 쾌청한 날씨의 가을 밤이었다. 12시가 다 됐지만 싱숭생숭한 마음에 잠들 수 없었다. 이유 없이 센치해져 자전거를 끌고 밖으로 나왔다. 월요일을 맞이하는 차분한 거리를 몇 바퀴 돌고 나니 기분이 좀 풀렸다.

편의점에서 주스 한 잔 마시고 가을밤을 마무리하려는데, 주머니에 카드가 사라졌다. 카드를 휴대폰 케이스 속에 넣어왔으니 휴대폰도 없어졌다는 뜻이었다. 집에서 나올 때 분명 손에 쥐고 있었고 자전거를 탈 때 주머니에 넣었다. 그런데 주머니가 텅 비었다. 멍…… 해졌다. 자전거를 타는 도중 주머니에서 휴대폰이 빠진 거다. 카드부터 정지시켜야겠다는 생각이었다.

아. 전화를 못 하는구나.

PC방에 가볼까 했지만,

아. 돈이 없구나.

아. 식빵.

길가를 한참 돌다가 마지막 희망으로 지나가는 커플에게 휴대폰을 빌리기로 했다.

“저기요, 제가 폰을 잃어버려서 그러는데 전화 한 번만 할 수 있을까요?”

경계의 눈빛을 보내던 남자와 겁을 먹은 듯 쳐다보는 여자. 내가 말을 뱉으면서도 ‘이건 너무 사기꾼의 대사다’ 싶었다. 12시가 넘은 시간에 휴대폰을 빌려 달라니…….

뭔가 잘못됐다는 것을 깨닫고 눈빛으로 호소했다. 최대한 안쓰럽고 진정성 있는 눈빛. 결국 망설이던 남자분이 주머니에 있던 휴대폰을 꺼내 건넸다. 어떨 때는 언어보다 비언어적 표현이 더 낫다.

긴 신호음 끝에 누군가 전화를 받았다. 살짝 취한 목소리의 아저씨였다. 길에서 주웠다고 하셨다. 횡설수설하는 목소리가 당황스러웠지만, 본인이 있는 위치를 더듬더듬 말씀해주셨다. 약간의 의심과 공포심을 안고 찾아갔다. 다행히 인신매매는 아니었다. 본인도 휴대폰을 잃어버린 경험이 많아 꼭 찾아주고 싶었다는 아저씨는 쿨하게 휴대폰을 주고 다시 술집으로 들어가셨다. 감사하다는 말만 되풀이하고 뒤돌아서니 한동안 또 멍해졌다.

이 달밤에 나 뭐 한 거지…….

청승 그만 떨고 정신차려 이 각박한 세상 속에서!!! 달밤에 혼난 느낌이랄까, 혼자 중2병에 취해 있다가 엄마한테 등짝을 맞은 느낌이랄까. 청승 떨던 밤길에서 간담 서늘해진 경험. 이렇게 또 가을이 싫어진 이유가 하나 더 생겼다.

이게 다 가을 때문이다.

저도
결혼할 수 있을까요?

'결혼은 하고 싶지 않다'는 말을 20대 내내 달고 살았다. 그 쿨한 한마디가 독립적이고 주체적인 사람 이미지를 줘서 그 문장을 이용하기도 했다.

더 깊게는 결혼제도를 논리적으로 이해하지 못한다. 하루에도 수십 번 바뀌는 게 사람 마음인데 검은 머리 파뿌리 될 때까지 사랑한다고 맹세하는 행위는 단순한 콩깍지 아닐까? 물론 마음이 변하면 이혼이라는 제도를 활용할 수도 있다. 그런데 개인의 열렬한 마음 또는 식어버린 마음을 왜 나라에 신고하고 도장을 쾅쾅 찍어야 하는 걸까.

이건 나라에서 개인을 관리하는 제도로 만들어낸 허상이 아닐까 하는 생각도 했다. 가계 단위로 세금을 걷고 인구수가 늘어나는 것을 장려해야 하니까. 아니, 개인들도 육아를 비롯한 삶의 일부분을 함께 해야 하니까 다른 이성을 만나 혼란을 주지 않겠다는 계약서를 가지고 싶은 걸까?

아무튼 개인의 마음으로 시작된 이 계약엔 외적인 것들이 많이 간섭하는 듯하다. 부모님이 껴있고, 집안과 집안이 껴있고, 나라가 껴있다. 관습적인 것도 함께해서 제도의 시작이었던 개인들은 끊임없이 그 마음을 시험당한다.

같이 살 집을 구해야 하고, 그동안 냈던 축의금을 돌려받기 위해 결혼식을 올려야 하고, 주위 사람들을 초대했으니 결혼식은 또 그럴듯해야 한다. 그리고 명절에는 가족들과 함께 도란도란 모여 앉아 단란한 풍경 연출에도 참여해야 한다. 그 제도 안에서는 개인의 행복보다 집단의 평화를 더 중요시하는 것처럼 보인다. 과거엔 어머니들의 엄청난 희생정신으로 평화가 유지된 것처럼 말이다.

제3자가 보기엔 많은 것이 비합리적으로 돌아가는데도 사랑의 최종 결실이 결혼인 것처럼 다들 결혼식을 올린다. 아이를 갖지 않겠다고 생각하는 커플들이 점점 늘고 있고 타인을 위한 희생보다 개인의 행복을 우선시하는 우리 세대인데도 말이다.

다른 한편으론 나도 꿈꿔본다.
'그냥 사랑하면 되지, 그걸 왜 가족들의 허락에, 나라의 신고에, 결혼식에…….' 모두 이해할 수 없다고 얘기하는 내가 이 계약에 무릎 꿇는 모습을 상상해본다.

이성적으로는 이해할 수 없는 이 제도를 이용해서라도 내 옆에 꼭 붙들고 싶은 사람이 나타나 주기를 바라기도 한다. 지금 내가 희생으로 정의한 모든 것들이 행복으로 느껴지게끔 콩깍지를 씌워줄 사람이 이 세상에 존재했으면 한다.

이 우주 어디쯤엔…….

wedding

건투를 빕니다

참 많이 웃었다. 특히 타인과 함께 하는 자리에선 더욱 잘 웃었다. 긴장했을 때도 하하 웃음으로 무마하고 기분이 상할만한 이야기를 들었을 때도 허허 하며 애써 괜찮은 척 웃었다. 나에게 벌어지는 안 좋은 상황에서도 '다 좋게 되려고 그러는 건가 보다' 하며 무던히 넘기려고 했었다. 드라마나 영화를 봐도 새드 엔딩은 견딜 수가 없었고 주위 사람 중 비관주의자들과는 거리를 뒀다. 내 눈앞에 보이는 세상은 아름다워야만 했다.

그렇게 살아왔다. 엄마 아빠의 바람대로, 좋은 사람들만 만나고 좋은 것만 보면서.

의지하고 사랑했던 것들로부터 독립한다는 건 온실 속 화초로 태어났지만 꿋꿋이 들판에 뿌리를 내리겠다는 것과 같은 말이었을까. 뭐든 느린 내게 질풍노도와 같은 시기가 아주 늦게 다가왔다. 그야말로 감정이 소용돌이치는 순간들을 28살이 되어서야 마주했다. 행복은 불행이 있었기에 존재한다는 사실과 부정 없이는 긍정도 있을 수 없다는 사실을 이렇게나 늦게 알아버렸다.

영화 〈인사이드 아웃〉에는 10대 소녀 라일리의 머릿속에 사는 기쁨이, 슬픔이, 버럭이, 까칠이, 소심이라는 다섯 감정들이 등장한다. 기쁨이는 모든 감정들의 대장이 되어 다른 감정들을 진두지휘하며, 라일리가 항상 행복한 상태를 유지할 수 있도록 돕는다. 때때로 슬픔이가 나서려고 할 때면 어떤 행동도 하지 못하게 막는다. 그것만이 라일리의 행복을 지킬 수 있는 일이라 생각한다.

하지만 항상 행복한 상태를 유지하던 라일리에게도 변화가 생긴다. 이사를 하고 친한 친구와 헤어지는 사건을 겪으면서 슬픔이, 버럭이, 까칠이가 점점 활발해진다. 급기야 슬픔이는 라일리의 모든 기억들을 슬픔으로 물들여버린다. 기쁨이가 슬픔이를 막으려 하면 할수록 상황은 악화되기만 한다. 감정제어가 되지 않고 라일리는 비뚤어진다. 결국 기쁨이는 다른 감정과 함께 공존해야 한다는 사실을 깨닫는다. 기쁨이가 슬픔이의 존재를 받아들였을 때, 라일리의 감정선에도 평화가 찾아온다. 그렇게 라일리는 조금 어른이 되었다.

마냥 행복해야 한다고, 그저 기뻐야 한다고, 그냥 웃자며, 모든 일을 못 본 척 허허거리며 넘기려고 했던 나는 얼마나 많은 감정을 속이고, 상황에 눈감고, 성장하지 않았던 걸까. 영화 속 감정들은 각각 고유의 색을 가지고 있다. 버럭이는 빨간색, 소심이는 보라색, 슬픔이는 파란색, 기쁨이는 노란색이다. 그런데 기쁨이의 머리카락은 슬픔이의 색인 파란색이다. 기쁨과 슬픔은 상반된 감정이지만 서로 유기적으로 연결되어있고, 분리될 수 없다는 상징이라 볼 수 있다.

중2병이라 불리는 분노, 슬픔, 까칠, 버럭, 소심 그리고 기쁨이 뒤죽박죽 섞이며 요동치는 감정을 겪지 않고 무던하게 민증을 얻었다. 하지만 사춘기의 열병은 수두와 같아서 언제든 한번은 앓고 넘어가야 하는 것이었나 보다. 28살이 되어서야 마주했던 큰 파도들을 '이십팔춘기'라 부르려고 한다.

감정의 파도를 꿋꿋이 넘고 있는 친구들에게 어느 가수의 노래처럼, 살아가면서 누구나 겪는 일이라며, 삶의 반직선 위의 점일 뿐이라며 위로를 전하고 싶다.

피하지 말고 온전히 싸워내시길.
건투를 빕니다.

4부

그분을 봤네요

3년차엔 저 역시
그분을 뵀네요

한 해가 다 끝나가는데 휴가가 12일이나 남았다. 뭐 얼마나 대단한 일을 한다고 휴가를 이렇게나 어렵게 다뤘을까. 온 마음이 향했던 사람은 등을 졌고, 잘하고 싶었던 일도 성과가 나지 않았다. 일도 사랑도 나도 엉망진창이었다. 무엇보다 일 문제가 계속 커졌다.

팀이 바뀌면서 새로 맞이한 내 자리는 큰 창문 앞, 사람들을 등지고 창밖을 보는 자리였다. 노트북 속 화면과 씨름하다가

창밖을 내다보면 사람들은 거리를 걷고 있었고, 뒤를 돌아보면 대부분의 자리가 비어 있었다. 그렇게 몇 시간을 더 보내고 밤 12시에 텅 빈 사무실의 불을 끄고 퇴근을 했다. 그리고 다시 눈을 뜨고 출근을 해 그 자리에 앉았다. 회사원이 된 지 고작 3년째인데, 출근과 퇴근을 몇 번이나 반복해야 끝이 날까를 생각하면 속이 답답했다. 사회생활 슬럼프는 3, 6, 9년 차에 온다던 선배들의 말은 어느 정도 적중했다. 오늘 하는 일과 내일 해야 할 일은 크게 다르지 않았고 이걸 계속 반복한다고 더 나은 사람 또는 더 잘하는 마케터가 될 것 같지도 않았다. 해야 할 일은 많았지만 하고 싶은 마음은 많지 않았다. 손가락과 마우스가 무거운 마음을 하드캐리하며 하루하루를 보냈다.

그러니까 이게 남들이 말하는 슬럼프였다. 지금 내가 슬럼프를 겪고 있다는 걸 알면서도 벗어나는 게 쉽지 않았다. 누구라도 여기서 좀 꺼내줬으면 싶었지만 바쁘게 돌아가는 회사에서 내 존재에 관심이 있는 사람은 없었다.

빈 사무실에서 노트북과 단둘이 늦은 밤을 맞이하는 게 며칠째인지 셀 수 없던 날, 비행기 티켓을 결제해버렸다. 마침 회사에서는 연차를 남기지 말라는 휴가 촉진 제도를 시행 중이었다.

수많은 도시 중에서 발리를 택했다. 추운 서울을 피해 따뜻한 도시로 가고 싶었고, 바다에서 마음껏 놀 수 있는 곳이면 했고, 혼자 가는 여행이니 적당히 외로웠으면 했다. 그 조건들의 교집합은 발리였다. 따뜻하고, 너무나 멋진 파도가 들어오고, 무엇보다 서핑스쿨이 있기 때문에 그리 외롭지 않게 휴양지를 즐길 수 있을 것 같았다.

심지어 발리는 이름도 예쁘다.
발리. BALI. 발리라니.

나 혼자 해외여행

혼자 발리에 간다는 얘기에 가족들은 걱정스러운 말을 먼저 꺼냈다. 꼭 혼자 가야 하냐고 되물었다. 혹시 아프거나 위급한 상황이 생겼을 때 도와줄 사람 한 명 없을 텐데 왜 혼자 가냐고 했다. 혼자서도 전혀 문제없다고, 비상시를 대비해서 약도 종류별로 챙겨간다고, 조심해서 다닐 거라고 똑 부러지게 큰소리 쳤지만 사실 나도 걱정이 많았다. 처음으로 혼자 떠나는 해외여행이었다.

보통 혼자 가는 해외여행은 가까운 일본이나 중국 아니면 배낭여행객이 많은 유럽으로 시작하는 것 같던데, 조금 생뚱맞게 내 첫 여행지는 사랑이 피어나는 발리가 됐다.

충동적으로 비행기를 예약한 탓에 벼락치기로 여행 준비를 했다. 너무 준비 없이 떠나왔다는 생각에 비행기 안에서 점점 더 마음이 급해졌다. 일단 공항에 도착하면 환전을 하고 유심을 구입하고 파란색 택시를 타야 한다. 꼭! '블루버드'라고 쓰여 있는 파란색 택시를 타야 한단다.

7시간의 비행을 마치고 비행기에서 벗어나자마자 습한 기운이 확 느껴졌다. '와…… 그래도 오긴 왔네' 싶었다. 분명 몇 시간 전만 해도 한국에서 점점 추워지는 날씨를 원망했는데, 반팔 반바지를 입은 채로 발리 땅에 발을 디뎠다.

먼 땅에 도착했다는 감상은 잠시 미뤄두고 환전, 유심, 파란색 택시 순서로 할 일을 하나씩 격파하기로 했다. 캐리어 가방을 찾고 환전하는 곳으로 갔다. 가방에서 지갑을 꺼내려는데 문제가 발생했다. 캐리어 가방이 내 것이 아니었다. 컨베이어 벨

트에 있던 같은 브랜드, 같은 색상, 같은 크기의 가방을 내 것으로 착각하고 가지고 나온 거다. 아…… 이런…….

다행히 공항을 벗어나기 전에 그 사실을 알아챘고 다시 가방이 있던 곳으로 돌아갔다. 내 이름표가 떡하니 달려있는 가방과 내가 들고 나온 가방의 주인이 그 자리에 덩그러니 있었다. 신혼부부처럼 보였다. 그들은 내가 얼마 못가 다시 돌아올 거란 걸 예상한 듯했다. 연신 죄송하다고 사과를 하고 가방을 교환했다. 서로의 가방을 보고 허허 웃으며 마무리됐다. 시작부터 이렇게 삐걱대는 건, 아닌 척 했지만 긴장했다는 방증이었다. 다시 정신을 잡고 환전을 하고 유심을 샀다. "택시! 택시!"를 외치는 택시 아저씨들을 뒤로한 채 파란색 택시를 잡아 올라타며 얼렁뚱땅 발리를 맞이했다.

혼자 하는 첫 해외여행이 그렇게 시작됐다.

말을 걸어온다

혼자 사는 게 그렇듯 혼자 하는 여행에도 장단점이 명확하게 있다. 매순간 적당히 긴장하고 있어야 한다는 것과 진짜 좋을 때 함께 감탄해줄 사람이 없다는 게 단점이다. 대신 동행자의 기분과 취향을 고려하는 데 쓰는 에너지가 없어서 편하다는 건 장점이다. 내키지 않는 곳은 안 가도 되고 내 몸 상태에 따라 일정을 자유롭게 조절할 수 있다. 그리고 가장 큰 장점은 나에 대해 새롭게 알게 되는 것들이 많다는 거다.

아이러니하게도 몸도 마음도 익숙하지 않은 이곳은 내 자신에게 더 집중하게 해줬다. 모든 것을 혼자 다 선택해야 하는 상황에서 내가 어떤 음식과 음료를 고르고, 어떤 방향으로 걸어가고, 어떤 집을 선택하는지 한 번 더 알게됐다. 내가 고른 목적지까지 걸어가는 동안에는, 눈앞에 놓인 나무만 봤던 일상을 숲을 보듯 더 먼 시선으로 보며 생각할 수 있었다.

겁 많은 성격도 한몫했다. 밤이 되어 어두워지면 곧장 숙소로 들어왔는데, 그곳에서 혼자 시간을 보내는 것은 집에서 보내는 시간과는 분명 달랐다. 영화도 보고 책도 읽었지만 일기를 쓰는 데 더 많은 시간을 쏟았다. 여행지의 숙소에서 혼자 맞이하는 밤은 저절로 펜을 굴렸다.

일기는 대부분 답 없는 질문으로 채워졌다. 하루하루 최선을 다한다며 살아가는 일상이 정말 최선인 걸까? 더 나은 선택지가 있지만 번거롭다는 이유로, 도전해야 한다는 이유로, 눈을 감고 있는 게 아닐까? 정말 이렇게 살아도 괜찮을까? 앞으로 어떻게 살아야 할까?

혼자 걸어 다니는 나에게 말을 거는 사람은 나 자신뿐만은 아니었다. 누가 봐도 여행객인 사람이 혼자 있으면 말을 걸기가 수월한가 보다. 현지 식당에서는 홍콩에서 온 부부가 "같이 앉아도 되냐"고 물어 함께 식사를 했다. 그리고 수제버거를 파는 식당에서는 호주 사람들을 만났고 서핑스쿨에서는 한국 친구들을 많이 만났다.

해변에 혼자 있을 땐 현지 비치보이가 말을 걸어왔다.

"어디서 왔어? 일본?"
"한국에서 왔어."
"혼자 온 거야?"
"아니! 친구랑 왔는데, 친구는 호텔에 있어!"

혼자 왔냐는 질문에 반사적으로 거짓말을 했다. 여행을 오면 괜히 현지인들을 경계하게 된다. 혼자서 '좋아! 이 거짓말 자연스러웠어!'라며 뿌듯해했지만, 그 비치보이를 며칠 동안 몇 번이나 더 마주쳤고 그에게 매번 혼자 있는 모습을 들켰다.

해변 근처 편의점에 앉아 있다가 오토바이를 타고 지나가는 그를 네 번째 마주쳤을 때 그는 "헤이!" 하며 크게 손을 흔들었다. 그 순간 피식하고 헛웃음이 터졌다. 그 친구의 밝고 반가운 인사 한번에 발리 꾸따(Kuta) 비치가 나의 마을인 것처럼 느껴지기도 했고 '들킬 거짓말을 왜 했을까?', '누군가를 잠재적 범죄자 취급한 건 아닐까'라며 양심에 찔리는 마음도 들었다. 아마 나보다 한참 동생이었을 그 소년에게 고마움과 미안함을 전한다.

어디에서
살아가야 할까요?

발리는 참 따뜻했다. 내가 머무른 9일 동안 발리는 한결같이 평화롭고 고요한 모습을 보여줬다. 해가 지며 온 하늘이 벌겋게 물들고 있을 때면 누군가는 파도를 타고 누군가는 해변에 앉아 하늘을 감상하고 누군가는 기타를 쳤다. 요란한 폭죽소리나 시끄러운 술 게임 외침이 없는 해변이었다.

호텔에서 꾸따 비치로 나가는 그 길을 아침에 한 번, 점심에 한 번, 저녁에 또 한 번 걸으니 낯선 동네가 친근하게 느껴졌다.

언제 또 올 수 있을지 모른다는 생각에 괜히 아련해지기도 했다. 전봇대 전선이 거미줄처럼 엮여있는 길 위에서 올려다본 쨍한 하늘을 매일매일 카메라에 담았다.

발리에서는 길 곳곳에 꽃과 음식을 담은 작은 바구니를 놓아둔다. 그리고 그 위에 향을 피운다. 신에게 기도를 올리는 힌두교 문화라고 한다. 이유가 어찌됐든 그 길은 내게 꽃길만 걸으라고 얘기해주는 것 같았다.

서핑스쿨에 머무는 한국인들의 삶은 새로웠다. 그들은 파도가 좋을 때 일어나 파도를 타고, 각자 노트북 앞에서 일하기도 하고, 또 다른 지역으로 이동해 파도를 타는 일상을 보냈다. 조금 더 깊게 이야기를 나눴던 분들의 삶은 낭만적이었다. 미친 듯이 야근을 반복하다 회사를 관두고 발리행 편도 티켓만 사서 왔다는 분, 세계 각국을 돌아다니다가 서핑에 빠져 발리에 기약 없이 머물고 있다는 분, 외국에서 대학 생활을 하고 있는데 방학 동안 발리에서 서핑을 하고 있다는 분. 분명 어딘가에서 들어본 적 있는 스토리지만 실제로 그런 결단을 내려 실천하고 있는 사람들을 보니 존경심과 부러움이 뒤섞였다.

난 어떻게 살아야 할까? 어디서 살아야 할까?

한국에서 태어나 한국에서 자랐다. 그 흔한 교환학생 한 번 간 적 없다. 아니, 한국도 너무 넓다. 수도권을 벗어나 살아본 적이 없다. 태어난 곳에서 자랐고, 자란 곳에서 살았다. 그곳은 부모님이 터를 잡은 곳이었고, 내가 취직한 회사가 위치한 곳이었다. 주어진 이름으로 살듯, 주어진 곳에서 살고 싶지만은 않다. 살아야 할 곳을 주체적으로 정하라고 하면 난 어디로 떠나야 할까? 또 어디에 정착해야 할까?

이상적인 환경을 말해보자면, 차 타고 20분 안에 바다나 계곡을 갈 수 있다면 좋겠고 사계절이 뚜렷하지 않았으면 좋겠다. 나무가 많았으면 좋겠고 강아지가 산책할 수 있는 길이 많았으면 좋겠다. 그리고 편의점도 있었으면 하고 영화관도 근처에 있다면 좋겠다. 서울이 아니어도 되고 한국이 아니어도 된다. 30대 중반 이후에 내가 정착해야 할 곳을 적극적으로 찾아보고자 한다. 10년 뒤 나는 주체적인 곳에서 살고 있기를 바란다.

먹고, 자고, 서핑하라

발리에 도착하자마자 꾸따 비치에 위치한 서핑스쿨에 등록했다. 워낙 물을 좋아하고, 바다 근처에서 살아보는 게 평생의 꿈이었기에 물에서 할 수 있는 모든 활동을 다 해보고 싶었다. 발리 파도는 한국 파도보다 서핑하기에 좋다고 하니, 이곳에서 서핑을 배워서 파도와 잘 놀아보자고 마음먹었다. 아침부터 낮까지는 서핑을 배우고 밤에는 미래에 대한 생각과 이런 저런 고민들을 해결해보자는 계획도 세웠다.

그런데 서핑스쿨은 상상했던 것과 거리가 멀었다. 강습은 오전 1번, 오후 1번 총 하루 2번 이뤄졌는데 강습 시간은 파도가 들어오는 때에 맞춰 유동적이었다. 첫 강습은 새벽 6시 30분에 시작이었다. 호텔에서 6시에 일어나 대충 옷을 주워 입고 10분 거리에 있는 서핑스쿨로 향했다. 해변에서 기초적인 동작을 익히고 바다로 들어갔는데 보드는 길고 파도는 거칠고 내 몸뚱아리는 중심을 잡을 줄 몰랐다. 서핑스쿨 동료들과 자비 없이 밀려드는 파도에 휘청대는 서로를 안쓰럽게 쳐다봤다. 그들도 '발리에서 서핑'이라는 로망이 현실이란 파도에 부딪쳐 와장창 깨지는 순간을 마주하고 있었다.

그렇게 2시간 가까이 파도와 씨름을 하니 오전 강습이 마무리됐다. 한국에서도 6시에 일어날 일이 없는 나인데 새벽에 바닷물을 코로 들이켜고 온몸 운동을 했으니 힘에 부칠 수밖에 없었다. 보드를 반납하고 바로 호텔로 들어가 기절했다. 상투적인 표현이 아니라 정말로 '기절' 그 자체였다. 불면증에 시달리는 지인들에게 이 코스를 꼭 소개해주고 싶다.

간신히 눈을 떠 점심을 먹고 오후 강습을 받으러 갔다. 그래도 오전보다는 조금 나았다. 보드에서 몇 번 일어나자 자신감도 약간 생겼다. 그래봤자 20초 될까 말까 했지만. 서핑 강습이 끝나면 발리를 구경해보자는 계획은 다음 날로 미루고 또 한 번 기절했다. 다시 한번 추천한다. 푹 자고 싶다면 바로 여기다.

둘째 날 아침에 일어날 때 어이없게도 코피가 났다. 그리고 양쪽 어깨가 뻐근했다. 서핑 보드 위에서 양팔을 저어야 하는 패들링이라는 걸 계속했었는데, 평소에 운동과 거리가 멀었던 팔 근육이 화들짝 놀란 거다. '이 상황이 대체 뭘까……' 하며 코피를 지혈하고 서핑스쿨에 또 갔다. 어김없이 파도에 밀리고 헤엄치고 보드 위에서 휘청댔다. 서핑보드에서 일어나는 테이크 오프 동작을 계속 연습하는데 파도가 치는 박자에 딱 맞춰 일어나면 짧은 순간인데도 기분이 참 좋았다.

오후 강습을 시작하기 전에는 오전에 찍었던 사진으로 리뷰를 해준다. 자세를 잡을 때 어디가 잘못되고 시선은 어디를 봐야 하는지 설명해주는데 사진 속 내 모습이 웃겨서 집중할 수가 없었다. 서핑보드 위에서 어쩔 줄 모르는 모습이 애처롭기 그지없다.

셋째 날 역시 보드 위에서 수없이 넘어졌다. 하필 유난히 파도가 큰 날이었다. 파도가 수평으로 하나가 되어 위로 크게 솟았다가 해변으로 훅 밀려들어왔다. 한국에서 본 적 없는 큰 파도 앞에선 마음이 콩알만 해졌다. 여유롭게 바다를 즐기고 햇볕도 쬐고 생각도 정리해볼 참으로 온 여행이었는데, 이건 극기 훈련이었다. 나도 모르는 새에 훈련에 참여하고 있었다니.

그렇지만 인간은 또 적응하는 동물이었다. 넷째 날부터는 오전 강습과 오후 강습 스케줄에 어느 정도 몸이 익숙해졌다. 오전 강습이 끝나고 같이 교육을 받는 사람들과 맛집을 찾아가는 여유까지 생겼다. 그리고 다섯 번째 되는 날엔 강습이 끝나고 파라솔을 빌려 해변에서 책을 읽었다. 책을 보다가 바다에 풍덩 빠져 수영을 하는 사치까지 부렸다. 서핑스쿨에 여섯 번째로 등교하는 날에는 보드 위에 일어나서 왼쪽 또는 오른쪽으로 방향을 트는 걸 배웠다. 시선을 오른쪽으로 하면 보드가 오른쪽으로 가고 시선을 왼쪽으로 돌리면 보드가 왼쪽으로 간다.

발리에서 '오늘의 할 일'이라곤 먹고 자고 서핑하는 일뿐이다.

여기서 하는 가장 큰 고민은 '어떻게 하면 보드에서 빨리 그리고 정확하게 일어날 수 있을까'이다. 일기장에 '너무 행복해'라고 적었다가 박박 지워버렸다. 오늘을 너무 좋아하면 내일이 질투할까 봐.

그래서 서핑 실력은 좀 늘었냐고? 나의 서핑 동료들은 일주일은 너무 짧다는 말로 위로를 건넸다. 적어도 한 번 배울 때 2주 이상은 해야 된다나. 운동신경 따윈 1도 없는 내게 일주일은 너무 짧았단 말로 줄인다.

제가
좋다니요

누구와도 쉽게 친해질 수 있는 여행지에선 사사로운 인연들이 생긴다. “어디서 왔냐”, “언제 왔냐”, “얼마나 더 머무를 예정이냐”, “근처에 맛있는 곳을 아냐” 등 기본적인 질문이 끝나면 공통점이 하나쯤은 발견되고 금방 친구가 된다. 물론 동성도 있지만 이성과 연결고리가 생길 때면 누구나 〈비포 선라이즈〉의 주인공이 되기를 꿈꾼다. 여행지에서 우연히 만나 빠지는 사랑이라……. 사람들은 운명적 만남에 30점 정도는 더 주는 듯하다. 소개팅에서 그렇게 따져대던 조건들은 ‘우연한 만남' 치트 키로 만회할 수 있다. 물론 내 이야기다.

서핑스쿨에서 알게 된 한 남자아이는 친절했다. 나는 하얀 피부와 거리가 멀었는데, 그는 까맣게 타버린 서퍼들 사이에서 피부는 하얗고 머리는 노란 내가 눈에 띄었다고 했다. 한국에서는 되레 어두운 편에 속했는데 그의 눈에 뭐가 씌었다.

뭐에 씐 사람이 그렇듯 그는 내게 잘해줬다. 서핑을 알려줬고 맛있는 밥집을 소개해줬고 혼자 밥을 먹어야 상황에선 좋은 밥 친구가 됐다. 가장 중요한 건 나를 예쁘게 봐줬다. 나도 어쩔 수 없는 사람인지 한국에서는 들을 리 없는 예쁘다는 말이 참 좋았다. "예.뻐.서" 그 세 글자는 그와 함께 먹는 저녁밥에 자극적인 양념이 되어주었다. 그의 말에 발리행 비행기 티켓을 결제한 과거의 내가 대견해 무릎을 쳤다.

캬. 발리. 이곳이 천국이구나!

하지만 그의 달달한 멘트에도 내 마음은 열리지 못했다. 우선 이 여행은 앞으로 내 삶이 가야 할 방향을 고민해보기 위해 온 것이고 일에 관해서도 좀 생각해봐야 했고……는 모두 핑계다. 사실 난 겁이 많은 사람이다. 들키기 싫었지만 마음 한편에는 여전히 그에 대한 경계심이 자리했고 '우리가 언제 봤다고', '너가 나에 대해 알아봤자 얼마나 안다고'라는 두꺼운 방패막이 있었다. 그리고 상처받고 싶지 않다는, 가벼운 것에 쉽게 휩쓸리지 않고 싶다는 소극적이고 보수적인 마음도 자리했다.

칭찬은 달콤했지만 나는 어떤 반응도 하지 못했다. 어쩌면 흔들리지 않는 나 자신이 자랑스러웠는지도 모르겠다. '그 정도 언술에 넘어갈 내가 아니지'라는 묘한 우월감이 흔들리려고 하는 마음을 이겼는지도 모르겠다.

그래도 발리를 떠나는 마지막 날엔 나의 여행을 풍요롭게 해준 그 친구에게 고맙다는 인사를 전하고 싶었다. 파도를 타지 않는 시간엔 책을 읽는다는 그를 위해, 서핑스쿨 책장에 한국에서 가져온 책을 꽂아두었다. 쭉쭉 밑줄 친 연필 자국이 수없이 남겨진 김민철 작가님의 『모든 요일의 여행』을 놓고 오며 그와 그리고 발리와 작별인사를 했다.

모든 요일, 그의 여행은 순탄히 계속되길 바라며.

모든 요일, 발리도 모든 여행자를 품어주길 바라며.

발리에선 되고
한국에선 안 되는 일

한국은 추웠고 집에 있던 선인장은 죽었다. 긴장이 풀린 탓인지 발리 공항에서부터 스멀스멀 올라오던 몸살 기운이 결국 온몸을 덮쳐 인천공항에서부터 열이 끓었다. 서울은 그사이를 못 참고 더 매섭게 추워졌다. 새까맣게 탄 상태로 콜록콜록 기침하며 현실로 복귀했다. 일상은 단 하나도 변한 게 없었다. 아무렇지 않게 흘러가는 시간 속에 잠깐 빠져 있다가 다시 제자리로 돌아온 것뿐이었다.

발리 햇볕에 그을린 피부가 벗겨지면서 발리 향수병이 시작되었다. 살갗은 적극적으로 발리를 벗겨냈고 마음은 필사적으로 발리를 떠올렸다. 영혼은 발리에 두고 몸만 한국에 와있는 듯했다. 고작 9일 정도 머물렀을 뿐인데 발리의 파도가 그리워서, 분홍색 노을이 그리워서, 먹고 자고 서핑하던 일상이 그리워서 발리 생각을 떨쳐낼 수 없었다.

내가 보잘것없이 느껴지는 이 도시에 오니 나를 좋아해준 발리의 그 아이가 생각났다. 우습게도 철벽을 치던 내가 책 핑계를 대며 능청스럽게 그에게 연락을 했다. 그리고 2주 뒤 한국으로 온다는 그를 기다렸다. 날짜를 세다가 2주 하고도 3일이 지났을 때 추운 겨울, 서울 한복판에서 그를 만났다. 새까맣게 그을려서 나시티에 반바지를 입고 쪼리를 신었던 우리는 두꺼운 패딩에 목도리를 둘둘 감고 있었다. 그 신기한 모습이 묘한 거리감을 만들었다. 생각보다 반가움은 그리 오래가지 못했다. 우린 그냥 갈 곳 잃은 한국의 20대 여자, 남자 사람일 뿐이었다.

마음속에 남아있던 발리의 한 챕터를 접고 나니 여행 후유증도 조금씩 사그라들었다. 따뜻한 날씨, 깨끗한 파도, 행복이 쏟아지는 발리의 추억은 행복한 도피처로 정리됐다. 창문을 바라보고 앉아 노트북과 씨름하는 일상 속에서 틈틈이 상상한다. 그냥 발리에서 덜 벌고 덜 쓰면서 살까?

한 가지 길만 있을 줄 알았던 인생에 여러 선택지가 있다는 사실은 긍정적인 에너지를 주기도 했다. 지금도 힘에 부칠 때 그곳을 떠올린다. 여기선 안 되지만 발리에서는 될 것 같다. 행복한 일이라면 그게 뭐든.

5부

스물여덟의 제이지

진짜 마케터가 되고 싶어요

명확한 꿈이 없었다. 드라마에 파티시에가 나오면 파티시에가 되고 싶었고 호텔리어가 나오면 호텔리어가 되고 싶었다. 옆자리 짝꿍이 “공무원이 최고의 직업이고, 선생님이 최고 중의 최고”라고 말하면 장래희망 칸에 교사라고 적었다. “넌 커서 뭐 될래?”라는 질문에는 “훌륭한 사람이 되고 싶다”는 애매한 말로 대답을 회피했다.

고등학교 3학년, 자신이 어느 대학교에 가고 싶고 어떤 직업을 갖고 싶은지 영어로 발표하는 게 첫 수업의 숙제였다. 장래 희망 칸을 스쳐 지나간 수많은 직업 중에 마케터를 골라서 발표를 했다. 물론 깊게 고민하지 않았다. 사람 마음이 참 희한한 게 반 애들 앞에서 마케터가 되고 싶다고 발표를 하니 오래 전부터 이 꿈을 간직한 사람처럼 마음이 간절해졌다.

그날 이후로 마케터가 꼭 되고 싶은 사람처럼 굴었다. 자신의 꿈을 칠판에 크게 적고 그 앞에서 수줍게 발표하는 순간을 영어 선생님이 사진을 찍어 인화해주셨다. 'MARKETER'라는 글자 앞에서 어설프게 웃고 있는 내 사진을 다이어리 맨 앞에 꽂아뒀다.

그렇게 뭔지도 제대로 모르는 직업이 꿈이 되었다.

6년이 흐른 뒤 정말 난 마케터가 되었다. 명함에는 '마케팅실 사원'이라는 글자가 떡하니 적혀있었고, 그 글자는 고등학교 3학년 때 칠판에 적은 글자와 오버랩 됐다. 말하면 이뤄진다는 미신 아닌 미신을 믿게 된 것도 그때 이후다. 마케팅실 이사님은 "마케터들 모여보세요"라는 말을 자주 하셨는데 그때마다 설렜다. 꿈꾸던 모든 것이 이루어진 것처럼. 수능을 말아먹은 것도, 원하지 않는 과에 입학했던 것도 모두 이 최종 목적지를 위해 벌어진 일종의 해프닝 같았달까.

목표점이 '마케터'가 된 뒤로 이 직업에 얼마나 많은 환상과 로망을 덧씌워왔는지 모르겠다. 대학교에서 '마케팅학원론', '마케팅과 홍보'라고 떡하니 적힌 전공 책을 들고 다니는 게 뭐 때문에 그렇게 부러웠는지도 모르겠다. 마케터라는 확실한 직무명 그리고 어떤 일을 하는지 정확하게 알 수 없는 모호함은 직업에 대한 환상을 극대화시켰던 것 같다.

얼마 지나지 않아 마케터가 되었다는 설렘은 고스란히 갈증으로 되돌아왔다. 정말 내가 원했던 건 뭐였을까? 그저 마케터란 타이틀이었나? 그저 누군가 꿈이 있어야 한다고 말했기에 만들어냈던 꿈이었을까?

명함에 마케터라고 적힌 사람이 아닌, 정말로 잘하는 마케터가 되고 싶다. 아직도 그게 무엇인지 정확히 정의할 수 없지만 여전히 진짜 마케터가 되고 싶다. 빌보드 차트 1위, 청룡영화제 여우주연상, 신춘문예 등단 등 명확한 목표 지점이 있으면 좀 더 나으련만, 눈에 보이지 않고 만져지지 않는 것을 목표로 삼았다.

훌륭한 마케터가 되고 싶다.

언제나 선택지 앞에서 주도권을 가질 것

대학 졸업장이 취업을 보장해주지 못하는 시대임을 알아차린 엄마는 나의 대학 지원서를 컴퓨터공학과에 넣었다. “기술이 있으면 굶어 죽지 않는다”라며. 컴퓨터라고는 켜고 끄는 것밖에 하지 못하는 내가 정신을 차려보니 컴퓨터공학과 학생이 되어 있었다.

생전 처음 보는 컴퓨터 언어에 지레 겁을 먹었지만, 동기들과 선배들의 도움을 받아 학교생활을 그럭저럭 이어나갔다. 컴퓨터 언어는 명료했다. 'hello world'를 입력하면 'hello world'가 출력되고 세미콜론(;)을 빠뜨리면 작동을 멈췄다. 명쾌한 걸 좋아하는 내 성향과 맞는 부분도 있었다.

하지만 컴퓨터를 대하는 마음은 차가운 로봇과도 같았다. 이 길은 내가 가고 싶은 길이 아니었다. 컴퓨터 프로그래밍이 재밌어서 게임 개발로 시간을 보내는 선배나 동기들을 보면 영화 속 천재들을 보는 것 같았다. 뭐 저런 사람들이 다 있나. 이게 정말 재밌다고?

컴퓨터를 사랑하는 사람들과는 감히 경쟁할 수도 없었다. 아니 그 경쟁에서 지는 것도 지는 거지만 더 무서운 건 어떻게든 꾸역꾸역 살아남아 개발자가 되어버린 미래였다. 잘할 수 없는 일 그리고 좋아하지 않는 일을 직업으로 삼는다는 건 상상만으로도 지쳤다.

대학교 3학년이 되어서 경영학과로 과를 옮겼다. 마케터가 되고 싶다고 뱉어냈던 과거의 내가 떠올라서 마케터가 되려면 경영학과로 가야 한다는 단순한 생각에 전과 시험을 봤다. 주위에선 왜 그런 지옥길을 택하냐고 채근했다. 컴퓨터공학과와 경영학과는 취업률 차이가 극명했고 연봉 차이도 클 것이라는 이유에서였다. "역시 사람이 먹고살려면 기술이 있어야지. 경영할 회사도 없으면서 뭘 경영학과를 가냐"라는 말을 정말 많이 들었다. 그리고 3학년 때 전공을 바꾼다는 건 4년간 들어야 할 전공과목을 2년 안에 몰아들어야 한다는 걸 뜻했기에 굳이 전과까지 할 필요가 있냐는 진심 어린 만류도 있었다.

하지만 이런 저런 말에도 마음이 흔들리지 않았다. 4명의 교수님 앞에서 전과시험을 보는 내내 너무 떨어서 다리 힘이 다 풀릴 정도로 간절했다. 정말이지 그 면접은 내 인생에서 베스트로 꼽히는 심장 떨리는 장면이다.

비로소 경영학과 학생이 되었을 때 주위에서 만류했던 이유들을 하나씩 직면했다. 슬슬 취업 모드로 전환하는 같은 학번 애들 사이에서 나 홀로 필수로 들어야 하는 전공과목들을 수두룩이 쌓아놨었다. 그리고 역시나 심각한 취업난에 허덕이는 학과 분위기를 마주했다.

그래서 후회했냐 하면 전혀, 단연코, 단 한 번도, 일절, 후회해 본 적 없다. 경영학과 수업은 언제나 맨 앞자리에 앉아 경청했고 경영학과 학생으로 해보고 싶었던 건 다 했다. 개발자를 최고로 치는 이 시점에 이과에서 문과로 전과를 한 것이 '문송'한 시대를 살아가고 있지만 단 한 번도 이 선택이 후회스럽지 않았다. 이유는 단 하나다. 내가 결정했으니까. 탓할 사람은 나 자신뿐이니 이 결정이 맞았다고 스스로 증명하기 위한 방법을 찾을 뿐이었다.

모든 결정에는 얻는 것과 잃는 것이 있기 마련인데 주도권을 잃게 되면 못 가본 길에 대한 미련만 남는다. 나를 사랑하는 주위의 많은 사람들이 좀 더 나은 길, 좀 더 쉬운 길, 좀 더 증명된 길을 권해도 최종 결정권은 내 손에 쥐고 있어야 한다. 어른들 말씀 틀린 거 하나 없지만, 이미 다 경험해보고 하시는 말씀이란 걸 알지만, 나도 좀 도전해보고 실패해봐야 다음 세대 친구들한테 해줄 말이 있지 않겠나. 나도 그 말을 꼭 해보고 싶어서 그렇다.

"내가 해봐서 아는데 말이야~"

드라마 속
주인공처럼

참으로 클리셰(Cliché)적인 장면이 아닐 수 없다. 신입사원이 혼자 화장실에서 울고, 계단에서 우는 연출.

그 신파극을 정말 찍게 될 줄은 몰랐었는데 나 역시 화장실 한 칸을 차지하고 눈물을 훌쩍였다. 당당하고 똑 부러지는 사람이 롤 모델이었는데 고작 몇 마디에 미션 실패다.

운다고 달라지는 건 없지만, 울지라도 않으면 아무것도 할 수 없어서였을까. 참 많이도 울었다. 혼자 화장실에 들어가 울고는 아무렇지 않은 척 휴지로 눈물을 닦고 화장을 고치고 밖으로 나와선 입 한 번 헹구고 "아아" 하며 목소리 체크 한 번 하고.

식상하다 식상해.
한 번 빨개진 눈과 코는 쉽게 돌아오지 않는 것만 빼면.

눈에 비온다
주륵주륵

벌써 꽤 많은 프로젝트를 경험했는데 울지 않고 끝낸 건 몇 손가락에 꼽는다. 말이 통하지 않는 거래처 때문에 울었고, 혼이 난 뒤 창피해 몰래 울고 또 무탈하게 잘 끝나면 뿌듯한 마음에 울었다. 아주 징글징글하게도 눈물이 마를 날이 없었다.

뭐가 그렇게 눈물 날 만큼 서럽고 간절했는지 모르겠지만 한 가지 명확한 건 부족함을 받아들이기 힘들었다는 거다. 내 프로젝트가 내 새끼 같고 나 같아서 좀 잘됐으면 싶고 사람들에게 사랑받았으면 싶었다. 프로젝트 반응이 좋으면 날아갈 듯 기쁘고 누군가 안 좋게 평가하는 글을 보면 심장이 아렸다. 매번 온 마음을 쏟아서인지 지난 프로젝트를 하나씩 떠올리면 반자동적으로 눈물이 막 날 것만 같다. 다시 회상하는 지금 이 순간조차도.

팀에는 많은 사람들이 존재한다. 각자가 맡은 일이 있고 해내야 하는 일이 있다. 어벤져스처럼 한 팀이 되어 봉착한 문제들을 해결해야 한다. 누군 망치로, 누군 방패로, 누군 멋진 슈트로, 각자의 무기로. 반면 나에겐 이렇다 할 무기가 없었다. 내가 글 하나는 누구보다 잘 쓰지. 내가 아이디어 하나는 기가 막히게 잘 내지. 뭐 그런 것이 없었다.

이렇게 할 줄 아는 것 없는 부족한 나에게도 과분한 프로젝트들이 왔었다. 이 좋은 기회를 내 부족함 때문에 그르칠까 늘 노심초사했다. '내가 아닌 다른 담당자를 만났다면 순탄하게 진행됐을 텐데' 하는 마음은 괴로웠다.

VIP들에게 보낼 행사 초대장 문구를 3일 밤낮 쓴 적 있다. 거의 30번 넘게 같은 피드백을 들었을 땐 대답보다 눈물이 빨랐다. 이게 아마 내 기억 속 가장 초딩스러운 눈물이다.

행사 날짜는 정해져있었고 디자이너는 문구만 기다리고 있는 상태에서 나는 그러니까 4줄을 못 쓰고 있었다. 스스로가 너무 한심했다. 결국 옆자리 사수님의 도움으로 간신히 일을 끝냈다. 회사에서조차 쉽게 독립하지 못하고 여기저기 도움을 받아야 했다.

지금 와서 다시 해보라고 한다면 더 잘할 수 있을 텐데. 울지 않고 똑 부러지게 할 수 있을 것 같은데. 으이그, 바보같이 울긴 왜 그렇게 울었을까.

최근엔 일 때문에 운 기억이 없다. 여전히 여러 프로젝트를 진행하고 있는데도. 울지 않는다는 것이 다행이다 싶으면서도, 예전만큼의 간절함이 없어진 건 아닌지 못내 서운하다.

나 열정이 식었나.

사회초년생의 일

사회초년생의 일이란 자신의 바닥을 계속 마주하면서도 지치지 않는 게 아닐까 한다. 항상 1, 2등을 앞다투는 아이는 아니었지만 그럭저럭 잘 따라가는 학생이었다. 한 가지 기준으로 순위가 정확하게 매겨지는 학교에서는 그랬다. 그러나 사회는 전혀 다른 세계였다.

돈을 받고 일을 해본 건 몇 번의 아르바이트가 전부였지만 회사도 뭐 크게 다르겠나 싶었다. 그래서 다소 유치하지만 '내 월급 값은 하자'라는 당당한 포부로 사회생활을 시작했다. 하지만 도움이 되긴커녕 회사에서의 나는 바보 천치 그 자체였다. 백 번 고민해도 하나씩 틀리고, 백 한 번 고민해도 작은 이슈 하나 챙기지 못했다. 선배들은 잘났고, 동기들은 나보다 나았다. 속마음은 알고 있었다.

'난 재능이 없어.'

입사하고 나서부터 꽤 오랫동안 "흔들리지 않고 피는 꽃이 어디 있으랴"라는 도종환 시인의 시가 내 옆을 지켰다. 나에게 재능이 없어도 어쩔 수 없다. 내가 하고 싶어서 시작한 일이 이것이니 죽이 되든 밥이 되든 해나가는 일뿐이다. 나의 재능 없음이, 능력 부족이, 누군가의 눈에는 다 읽히고 있을 거라 생각했다. 나의 부족함을 전부 다 들켜버릴까 두려웠었다.

가까스로 3년을 넘긴 지금도 여전히 부족함을 느끼고 있지만, 달라진 건 누구도 나의 재능을 쉽게 평가할 순 없다는 생각이다. 나의 일이 패션모델이나 농구 선수였다면 '너의 체격엔 다른 직업을 찾아보는 게 좋겠어'라고 얘기할 수 있겠지만 우리 일은 피지컬 대신 멘탈을 활용하는 일이기에, 누구도 쉽게 이야기할 수 없다.

나보다 한 발짝 늦게 회사에 들어온 친구들도 실패라곤 맛본 적 없는 삶을 살다 사회에서 처음 바닥을 마주한다. 그리고 “전 자질이 없는 거 같아요”라고 말한다. 어쩜 그리 똑같은 루트를 밟는지…….

조언을 해줄 수 있는 입장은 아니지만 ‘올해의 신인상 따위는 받지 않아도 되지 않겠냐’며, ‘우리의 목표는 떠오르는 루키로 주목받는 것이 아니지 않냐’며 실없는 말을 건네고 싶다. 그 누구도 우리의 미래에 대해 얘기해줄 수 없다. 오늘의 내가 애벌레여도 내일의 나는 나비가 될지 아니면 그냥 벌레로 살다 죽을지 나도, 내 옆 사람도 모를 일이다. 믿는 것은 내일의 나는 행복하게 웃고 있을 거란 희망과 그 믿음을 실현하고자 하는 마음뿐이다.

그러니 자책은 오늘까지로.
오늘의 실수는 내일의 자양분이 되길 바란다.

월급이
바람에 스친다

월급이 들어오면 카드값, 교통비 등으로 돈이 다 빠져나간다는 유머엔 과장이 섞여 있는 줄 알았다. 그런데 정말 월급이 들어오고 3일 뒤만 되면 통장이 허전해진다.

직장생활을 처음 시작하고, 첫 월급은 기분을 내느라 다 써버렸다. 여기저기 밥도 사주고, 내 옷도 사고, 맛있는 것도 먹으러 다니면서 신나게 카드를 긁었다. 딱 1년만 맘껏 쓰고 내년부터 열심히 모으자고 다짐했다.

그리고 1년 뒤 독립을 하니 신나게 쓰지도 않는데 모을 돈이 많지 않다.

분명 대학생 때보다 많은 돈을 벌고 있는데, 하루에 1만 원씩, 한 달에 30만 원 가지고도 그럭저럭 잘 살아갔던 것 같은데, 지금 생활도 대학생 때보다 나아진 게 없는 듯한데, 난 여전히 편의점에서 밥을 먹고 할인 딱지가 붙어진 물건을 고르는데,

내 월급은 다 어디로 갔을까?

이번 달 월급도 바람에 스치운다.

스물여덟의 제이지,
서른의 하루키

목표했던 일이 잘되지 않아 울적한 마음을 안고 집에 들어왔다. 텅 비어 고요한 집에서 무거운 분위기를 바꿔보려 음악을 틀었다. 핸드폰과 블루투스 스피커가 연결되자마자 래퍼 넉살의 〈작은 것들의 신〉 앨범 전곡이 플레이되었다. 의자에 멍하니 앉아서 노래만 듣고 있었는데 마음이 철컹했다. 가사들이 꼭 나를 위로하기 위해 쓰여진 듯했다.

〈작은 것들의 신〉 앨범은 10년간 언더그라운드에서 랩을 해온 넉살 본인을 향한 위로처럼 들린다. 모든 곡은 이 세상에서 '작은 것'에 속한 사람들의 녹록지 않은 이야기를 적나라하게 담고있지만 결국엔 다 잘될 거라는 희망도 품고 있다. 이 앨범은 넉살이 30살이 되던 해에 발매되었다. 가사에 나오는 제이지와 비비안 웨스트우드는 28살에, 하루키는 30살에 시작했다는 사실과 함께 '나도 이제 잘될 거야'라며 본인의 미래를 암시한다. 진위를 알아보기 위해 찾아보니, 정말로 제이지는 28살에 처음 앨범을 발매했고 하루키는 29살에 소설을 써야겠다고 생각을 하곤 30살에 첫 책을 냈다. 그 책이 바로『바람의 노래를 들어라』였다. 그리고 그 가사를 내뱉던 넉살도 30살 이후에 원하는 걸 실제로 이뤘다. 그 앨범은 꽤 성공했고 올해의 앨범상도 받았고 동료들의 인정도 받았다. 무엇보다 그 앨범을 토대로 왕성한 활동을 이어가고 있다. 본인에게 힘을 주기 위해 만들었던 노래가 정말 힘이 되어 목표하던 바를 이룬 거다.

난 제이지처럼 어마어마한 부자가 되겠다는 야망도, 하루키처럼 세계적인 사랑을 받는 사람이 되겠다는 욕심이 있는 것도 아니지만 그 가사를 계속 읊조린다.

28살의 제이지, 서른의 하루키

28살의 제이지, 서른의 하루키

28살의 제이지, 서른의 하루키

조금 늦어도 괜찮다는 위로이고, 내가 하는 일을 잘 해내는 사람이고 싶다는 간절함이다. 나이와 시기에 상관없이 꾸준히 해나가다 보면 남들보다 늦을 수 있지만 언젠가 결실을 맺는 날이 오지 않을까란 희망이다.

아! 한 분을 더 추가하고 싶다. 박완서 작가님은 40세에 등단하셨다고 한다. 28살의 제이지, 30살의 하루키, 40세의 박완서(50대와 60대를 대표할 인물도 제보받습니다).

하드한
커뮤니케이션

어릴 때 아빠 친구 가족들이랑 물놀이를 간 적 있다. 계곡에서 실컷 헤엄치고 놀다가 아빠 친구분이 "아저씨가 돈 줄 테니 슈퍼 가서 하드 사와, 하드"라고 말씀하셨다.

하드가 뭔지 몰랐던 나는 슈퍼 아주머니께 "하드 어디 있어요?"라고 물었고 아주머니는 아이스크림 냉장고에서 이상한 막대 아이스크림 하나를 꺼내 보이면서 "여기 있잖아, 하드"라고 하셨다. 나는 그게 그 아이스크림만의 별칭인 줄 알았다.

그래서 그 아이스크림만 잔뜩 사서 갔다.

양손에 하드를 가득 들고 오자 애들이 우르르 몰려왔는데 하필 그게 애들이 좋아하지 않는 맛이었다. 다들 왜 이것만 골라왔냐고 물었다. 아저씨가 하드 사오래서 하드 사온 건데……. 그때 알았다. 하드는 아이스크림이었고, 아이스크림이 하드였다.

좋게 말하면 순진무구, 나쁘게 말하면 센스가 부족했던 나는 처음부터 "하드가 뭐예요?"라고 묻지 않았고 슈퍼 아주머니가 "여기 있잖아 하드"라고 할 때 그 뜻을 눈치채지 못했다.

처음 일을 하면서 뭐가 제일 어려웠을까 생각해보면 아이디어가 없는 것도, 늦게까지 야근하는 것도 아니고 커뮤니케이션이었다. 분명 다 잘 전달했다고 생각했는데 각자 머릿속에 다른 것을 상상하고 있기도 했고 분명 같은 한국말을 하고 있는데도 서로의 말을 이해하지 못하기도 했다. 커뮤니케이션이야말로 '하드하다'는 걸 알려주려 어렸던 내게 하드 사건이 일어났었나 보다.

친한 사람들하고는 '척하면 아!' 한다. 서로 경험했던 것도 비슷하고 생각하는 것도 비슷해서 "뭐 먹을래?", "연어?", "콜!" 하곤 연어초밥을 주문한다. 그런데 배경지식이 전혀 다른 사람들 하고는 이게 가능할 리 없다.

특히 회사에서 다른 직무의 사람들을 마주하면 중간중간 외계어가 섞여 있는 듯했고 지금 저 말을 하는 의도는 뭐지? 나는 이다음에 어떤 반응을 해야 하는 거지? 헷갈렸다. 할 줄 아는 언어라곤 한국어 단 하나인데 이마저도 쉽지 않다니. 그래서 항상 사진을 많이 가져다 쓴다. 그리고 말한다.

"이렇게요. 이 사진처럼 요거를 요렇게 이렇게……."

의도적으로 사랑하라

"의도적으로 사랑하라."

신입시절 다 같이 저녁식사를 하는 자리에서 한 분이 이 말을 꺼냈다. 정확히 말하자면, 자신의 후배가 좌우명처럼 쓰는 말이라고 하셨다. 자신의 일, 그리고 함께 일하는 사람들을 의도적으로라도 사랑하라는 뜻이었다. 그 자리에 있는 사람들은 그거 정말 멋있는 말이라며 동조했다. 당시엔 왜 그 말에 공감하는지 이해할 수 없었다.

'사랑이라는 마음은 자연적인 건데 그게 의도를 가진다고 되는 건가?' 싶었다.

나에게 일과 동료를 사랑하는 데에 의도 따윈 필요 없었다. 회사에 취해, 직무에 취해, 모든 것이 사랑스러웠다. 내가 하는 일을, 나와 함께 하는 사람 모두를 진심으로 사랑하고 있었다. 노력하는 사랑이 아니고 마음속 깊이 우러나오는 사랑이었다. 정말 일이 좋았고 함께 하는 사람들 때문에 더 좋았다. 하지만 세상에서 변하지 않는 건 단 하나, '변하지 않는 건 없다'라는 진리라고 했던가. 사랑에 흠뻑 빠진 나에게도 그 마음을 시험받는 순간이 찾아왔다.

지겹도록 반복되는 일이 미웠다. 매일매일 나를 야근시키는 일이 싫어졌다. 최악의 고통은 함께 일을 하는 사람에 대한 신뢰가 깨지는 순간들이었다. 목에 가시가 걸린 듯 하루하루가 불편해질 때쯤 '의도적으로 사랑하라'라는 말이 다시 떠올랐다. 불평불만을 가져서 힘든 사람은 단 한 명, 나 자신이었다.

의도적으로 사랑하라는 그 문구를 실천해보려 회사에도 집에도 써 붙여놨다. 한편으로는 그 순간들이 비참하게 느껴지기도 했다. 개선하거나 해결하려는 생각 없이 '그저 좋아하자, 사랑하자'라고 최면을 걸고 있는 걸 보니 현실과 타협해 살아가는 사람이 된 거 같기도 했다.

> 자기가 좋아하는 일을 추구하는 것은 유토피아를 찾는 것과 같다. 유토피아는 화려하지만, 현실에서는 절대 이루어질 수 없다. 유토피아는 유토피아일 뿐이다. 그래도 유토피아를 현실에서 이루고 싶다면, 지금 자신 앞에 놓인 일을 먼저 사랑하라.
>
> – 이나모리 가즈오 『왜 일하는가』 중에서

로망이었던 일은 현실이었다. 언제까지나 모든 게 다 사랑스럽고 좋을 수 없는 건 당연한 이치다. 내 목숨보다 더 사랑하는 사람과 결혼을 해도 후회하는 순간이 한번씩 찾아온다는데 일은 그보다 더하면 더했지 덜할 리 없었다. '좋아하는 일을 하세요. 그리고 시작했으면 그 일을 좋아하세요'라는 말 안에 모든 것이 담겨있다.

미웠던 일과 깨져갔던 신뢰는 모두 한때의 추억으로 지나갔지만, 집에 붙여놨던 그 문구는 떼어내지 않았다. 사랑하려 애쓰는 마음이 되레 더 자랑스럽다. 진심을 다해 좋아하려 하는 게 더 멋있다는 생각이다. 사랑도 의도적으로 마음먹으면 가능한 거였다. 그 의도조차 통하지 않을 때, 그때가 정말 떠나야 할 때겠지.

진심으로
존경하는 부분입니다

휴가를 내고 혼자 서울여행을 했다. 가고 싶었던 카페도 가고, 서점도 가고, 전시도 보고, 주말에는 북적이는 사람들 탓에 온전히 즐기지 못했던 곳들을 여행했다.

시계가 1시를 가리키면 '회사는 점심시간이 끝났겠네', 3시를 가리키면 '지금쯤 미팅하고 있을 텐데'라며 회사 밖에서 흐르는 시간과 회사 안에서의 시간을 비교하게 됐다. 자리에 앉아 메일을 쓰고 있었을 이 시간의 바깥 거리는 한적했다.

그런데 카페는 한 테이블을 제외하곤 모두 만석이다. 전시장에도 사람들이 꽤 많이 드나들었다. 음…… 뭐 하는 사람들일까? 보통 성인들은 이 시간에 회사에 있지 않나? 대학생들인가? 아니면 다들 나처럼 휴가를?

항상 사무실에 앉아 있는 사람들만 봐서 그런지 평일 오후 3시에 카페에 있는 사람들은 어떤 사람들일까 궁금하다. 대학생? 프리랜서? 돈 많은 백수? 참 부럽다는 생각이 들면서도, 누군가는 출근하는 게 꿈일 텐데 등 따시고 배부른 소리는 하지 말아야지 하면서 스스로 입단속을 한다.

아침에 출근해서 저녁에 퇴근하는 직장인분들은 오늘 구름이 이렇게 예쁘다는 걸, 오랜만에 미세먼지 없는 쨍쨍한 하늘이라는 걸 알고 있을까? 모든 직장인들이 측은하고 존경스러운 대낮이다.

광명 집에서 출퇴근할 땐 버스 정류장 7개, 지하철역 16개를 넘어 다녔다. 그런데 지하철을 타면 나보다 이전에 타서 나와 같은 역에서 내리는 사람도 자주 만났다. 매일 같은 시간, 같은 자리로 출근해서 해야 할 일을 해나가는 사람들이 이렇게나 많았다.

TV에 나와 화려하게 춤을 추는 댄서들과 천장을 뚫을 듯한 고음을 내는 가수들이 신기하고 멋있다는 생각이 들었는데 월화수목금 날마다 출근해서 같은 자리에 앉아 일을 하는 이 사람들 역시 정말 멋있다. 누구나 성실할 수 있다고 생각하지 않는다. 이 또한 재능이고 능력이다.

모두 존경합니다. 진심으로요.

월 화 수 목 금

6부

취향 뭐 그거

나만 아는
이야기

인턴 시절 겪은 일화 하나는 한동안 내 이불킥의 주범이었다. 인턴 활동은 매주 특정한 미션을 수행하고 발표하고 평가받는 거였다. 그중 하나가 '나만 아는 이야기 발표시간'이었다. 그 주제의 숨은 뜻을 고민해보지 않은 채로 나는 정말 나만 알고 있는 이야기를 준비해갔다. 하지만 그것의 숨은 뜻은 나만 알고 있는, 그러니까 내가 남들보다 특히 더 많이 알고 있는 내 관심사에 대해 발표하는 거였다. 문맥을 파악하지 못한 내 발표 이후 분위기는 싸해졌다.

"아니 그런 거 말고 요즘 관심 있는 게 뭐예요? 세영님의 관심사가 알고 싶은 건데." 정신은 하얘졌고 눈앞은 아찔했다. 아니 눈앞이 하얘졌고 정신이 아찔했다. 머리를 굴려봐도 동공만 여기로 저기로 굴러다녔다. 도무지 떠오르는 관심사가 없었다.

"아…… 제가 좋아하는 건…… 음…… 커……피……인데……" 라고 간신히 머릿속에서 커피를 찾아 대답했다. 아침 9시에 1잔, 오후에 1잔, 저녁에 또 1잔. 커피 없는 하루는 상상할 수 없으니까.

하루에 기본 3잔은 들이켜는 커피는 나에게 너무나 소중한 존재였지만 커피를 좋아한다는 말에는 커피콩만큼의 자신감도 없었다. 원두 맛을 구별할 줄 아는 것도 아니며, 세계 3대 커피는 입에 대본 적도 없고, 커피 지식에 대해 늘어놓을 것조차 없었다. 난 그저 커피를 정신 각성용 음료 정도로만 대했다. 자연스럽게 커피를 사랑하는 사람들의 질문이 이어졌고 나는 뭐라 대답할 게 없었다. 감히 그 정도의 애정으로는 커피를 좋아한다고 말해선 안 됐다.

괴로웠다. 처음엔 어떤 이야기를 해야 하는 자리인지 제대로 파악하지 못한 내가 원망스러웠지만 더욱더 괴로운 사실은 따로 있었다. 그걸 충분히 인지하고 준비할 시간이 있었다고 해도 나에겐 나만 아는 이야기가 없었다는 것. 나에게 취향은 존재하지 않았다는 사실이었다.

25살이었다. 25살이나 먹도록 취향 하나 없이 뭘 했냐고 묻는다면 매우 간단하게 대답할 수 있다. 대학생이라는 타이틀에 취해 흥청망청 시간을 써버린 20살, 학점관리와 술자리와 아르바이트의 경계를 아슬아슬하게 줄타기하며 보낸 21살, 시험공부, 자격증 공부, 아르바이트 그리고 진로 때문에 방황하던 22살, 공모전과 동아리 활동에 빠져 보낸 23살, 이런저런 도전을 해보며 사회에 나갈 준비를 했던 24살.

그다음에 25살의 내가 있었다. 매 순간 열심히 했다. 열심히 놀고, 열심히 연애하고, 열심히 공부했는데 남은 게 없었다. 난 어떤 사람이지? 난 무엇을 좋아하는 사람이지?

학점, 알바, 동아리 등 각종 눈에 보이는 것들을 좇으면서 난 나에 대해 정말 무관심했다. 나란 사람이 뭘 좋아하는지, 뭘 할 때 가장 기쁜지 무식할 만큼 몰랐다. 한 번도 나에 대해 알려고 해보지 않았다.

주위를 둘러보니 다들 자신의 취향 같은 건 하나씩 가지고 있었다. 그건 그렇게 어려운 일도 돈이 드는 일도 아니었다. 영화 〈소공녀〉의 주인공은 돈도 없고 집도 없어 청소부를 하며 살아가지만 좋아하는 것 세 가지는 명확했다. 사랑하는 남자친구, 한 모금의 담배, 일이 끝난 뒤 바(bar)에 들러 사먹는 딱 한 잔의 위스키. 그 세 가지만 있으면 그녀는 헌혈하며 살아가는 삶에도 만족감을 느꼈다. 바로 그게 취향 아닐까. 나만의 쉼터, 지친 하루의 도피처 말이다.

나에겐 나를 위한 쉼터 하나 없었던 거다.
나에게 너무 미안했다.

내 마음이
향하는 곳

정말 난 좋아하는 게 없나? 내 마음이 유독 더 흔들리는 건 뭐였을까?

좀처럼 답이 없을 것 같은 질문들에 대한 해답을 독립 후에 찾을 수 있었다.

출퇴근에 낭비하지 않아도 되는 시간 그리고 온전히 혼자 남겨진 공간은 취향을 만들었다. 집에 들어오는 순간 블루투스 스피커가 제일 먼저 나를 반기고 음악이 자동으로 재생된다. 적막이 흐르는 공간은 견디기 힘들어 언제나 음악과 함께 했다. 그리고 TV가 없으니 책을 꺼내 들었다. 그렇게 반복된 행동이 하나둘씩 쌓여 습관을 만들었다.

거실에서 드라마를 볼 시간에 덕심을 자극하는 노래를 듣고, 시시콜콜한 이야기를 나눌 시간에 쫀득거리는 글을 읽고, 죽기 전에 봐야 한다는 영화를 살아있다는 의무감에 시청하고, 글을 끄적이기도 했다.

시, 책, 영화, 음악 등 무엇 하나 전문가처럼 술술 이야기할 줄 아는 건 여전히 없지만, 두근거리는 마음이 뭔지는 분명히 알았다. 취향이 마음이 향하는 방향을 뜻하는 거라면 내게도 있긴 있다.

취향 뭐 그거.

마음이 향하는 곳으로 가보자.

No Music,
No Life

집은 참 적막하다. 내가 말을 하지 않으면 아무도 말을 하지 않는다. 이 고요함이 어색해서 음악을 틀었다. 집에 들어오면 가장 먼저 하는 일이 음악을 트는 일이고 일어나서도 가장 먼저 하는 일이 음악을 트는 일이다. 자취 초반에는 음악을 틀어 놓고 잠들기도 했다. 음악이 끊기는 게 싫어서.

장비도 하나씩 추가됐다. 작은 블루투스 스피커는 온 집안을 음악 소리로 가득 채워줬다. 그 조그마한 것이 성능이 제법이다. 가족들과 살 때는 이어폰을 꽂고 들어야 했던 음악을 이렇게 울리는 스피커로 들을 수 있는 것도 참 좋았다. 그 스피커를 샤워할 때 들고 들어가기도 했고 껴안고 잠들기도 했다.

이어서 CD플레이어를 장만했다. 애정하는 뮤지션들의 앨범이나, 유독 좋은 영화 OST앨범들을 사서 틀었다. 이게 CD를 갈아 끼우는 손맛이 또 그렇게 좋다. 이 작은 집에서 단 1초도 음악이 끊기지 않도록 선곡하는 재미 역시 쏠쏠했다.

집안일을 할 때는 따라 부를 수 있는 신나는 노래를 틀어둔다. 샤워할 때는 비트가 잘게 쪼개지는 노래를 틀면 잘 안 들린다. 글을 쓸 때는 가사가 아예 들리지 않는 노래를 트는데 보통은 바흐 모음집을 돌려놓는다(이건 좋아서라기보단 그냥 의식 같은 거다). 책을 읽을 때는 되레 가사가 있어도 괜찮다. 보통 감성 가득한 노래를 고른다.

그리고 여러 음악 중에서도 호감이 조금 있었던 힙합의 세계에 쑤욱 빨려 들어갔다. 좋게 들었던 노래는 앨범 전체를 찾아 듣고 좋았던 앨범은 인터뷰를 찾아서 봤다. 그리고 매주 일요일 저녁엔 래퍼들이 나와서 자신의 앨범을 소개하는 콘텐츠를 찾아들었다. 한 편에 1시간씩 하는 그 콘텐츠를 약 2년간 하나도 빼놓지 않고 모두 다 봤다(사실 한 번이 아니라 몇 번이고 돌려봤다).

게스트로 나오는 래퍼들은 평범한 사람이었다. 홍대 길거리를 지나가다 보면 마주칠 법한 사람이었고, 내 옆자리 친구 같기도 했다. 동경의 눈빛으로 봐야 하는 연예인들과는 달랐다. 하지만 또 특별한 사람들이었다. 꿈이 있고, 야망이 있고, 본인의 작업물에 대한 자부심과 애정이 있었다. 자신이 어떤 이야기를 하고 싶은지, 어떤 의도로 만든 앨범인지 설명하는 걸 듣고 있으면 평범했던 사람이 멋있는 예술가가 되어있었다. 적은 예산으로도 본인의 작업물을 처음부터 끝까지 다듬고 매만지는 그들을 보는 게 일주일 중 가장 큰 자극이었다.

일을 대하는 태도에도 영향을 받았고 새로운 취미생활을 만들어주기도 했다. 흑인 문화에도 호기심이 생겨 R&B와 JAZZ까지 관심이 넓어지는 중이다.

이것저것 좋아하다보면 나도 모르는 사이에 훅 빠지는 것이 있을 거라고 하던데 내겐 음악이, 힙합이 그랬다.

제2의
동굴 속에서

집이 안식처이자 동굴이었는데 집 외에 동굴 하나가 더 생겼다. 넓고 깊은 동굴. 바로 홍대 지하가 그곳이다.

무브홀, 롤링홀, 상상마당. 적어도 한 달에 한 번은 그곳을 간다. 많게는 500명, 적게는 200명 정도 규모의 언더그라운드 래퍼들의 공연을 보러 다녔다. 사람들이 뛰면 바닥이 울리는 공연장에서 손만 뻗으면 닿을 것 같은 거리에 있는 뮤지션을 보는 그곳은 또 하나의 은신처였다.

계단을 내려가 좁은 공연장에 있을 때는 세상과 단절된 느낌을 받을 수 있었다. 이 우주에서 우리끼리만 신나는 우주선을 타고 여기저기 우주여행을 했다. 중력이 없어 방방 뜨는 달에도 갔다가, 캑캑 숨쉬기 어려운 행성에도 갔다. 쿵쾅쿵쾅 음악이 울리면 심장도 같이 '바운스 바운스' 리듬을 탔다. 홍대 지하 동굴은 에너지를 양껏 충전시켜줬고, 그 에너지로 또 일주일을 살았다.

나의 두 번째 동굴을 알게 되고 행복해지기가 얼마나 쉬워졌는지……. 공연 하나만으로도 기다리면서, 보면서, 곱씹으면서, 여러 번 행복해질 수 있다.

나의 모든 에너지원.
이곳에서 뛰어놀던 젊은 날을 추억하는 날도 오겠지.

힙합 좋아하는데요?

누군가를 부자연스러운 방법으로 처음 만나는 자리에서 '주말에는 뭐하냐'는 질문을 받았다. 자리는 어색했고 대답은 쉬웠다.

"공연 보러 다녀요."
"공연이요? 어떤 공연이요? 뮤지컬 같은 거?"
"아뇨. 힙합 공연 보러 다녀요."

힙합이라는 단어를 곱씹으며 나의 탈색 머리를 본 그 사람은 내가 어떤 사람인지 파악이 끝났다는 듯이 굴었다. 힙합, 탈색, 여자. 3개의 키워드를 조합하곤 나를 다 알겠다는 듯한 그의 다음 질문들은 우스웠다. 그 사람이야말로 어떤 종류의 사람인지 훤히 보였다.

그때부터 모든 만남에서 힙합을 좋아한다고 반드시 말해야겠다고 다짐했다. 내가 좋아하는 것들이 수만 가지가 더 생겨도 맨 앞에는 꼭! 히입-팝을 말해야지.

힙합이 어때서!

영화는
혼자 봐야 재미인 거야

성향 테스트를 하면 개인주의자, 섬 같은 사람이라는 결과가 나온다. 독립하면서 이렇게 변한 건지, 원래 잠재된 성향이 이런 건지는 모르겠지만 꽤 많은 활동을 혼자 하는 게 편하다. 쇼핑은 무조건 혼자 해야 직성이 풀리고 남과 같이하면 물건을 잘 사지 못한다. 혼자 책을 읽고, 노래를 듣고, 공연도 혼자 자주 간다. 혼자 하는 것 중 조금 특이한 걸 뽑으라면 심야영화 보기다.

20살이 되고 로망이었던 영화관 아르바이트를 시작했다. 그

때 아르바이트생들에게 한 달에 영화 10편을 공짜로 볼 수 있게 해줬는데, 그 덕에 아르바이트 시작 전에 혼자 영화를 보곤 했었다. 그 습관이 남아서인지 영화관 역시 혼자 가는 게 더 편하다. 누군가와 함께 볼 때 옆에서 중간중간 말을 걸면 어떻게 반응을 해야 할지 모르겠다(쉿! 나 지금 엄청 집중하고 있다고).

독립하고 나서, 집에 늦게 들어가도 되는 자유를 마음껏 누리고 싶었다. 초저녁에 봐도 되는데 굳이 심야영화를 보러 다녔다. 누군가한테 '나 오늘 늦어. 누구랑 어디서 뭐 할 거야'라는 정보를 공유하지 않고도 늦을 수 있다는 게 좋아서 그랬다.

심야영화관은 매력은 '휑함'이다. 아무리 주말이라고 해도 심야엔 사람이 별로 없다. 커다란 스크린이 오로지 나를 위해 존재하는 것처럼 조용하고 편안하게 영화를 관람할 수 있다. 이 넓은 영화관을 다 전세 낸 것 같은 그런 기분이다.

그리고 영화를 다 보면 대중교통이 다니지 않아 집까지 저벅저벅 걸어간다. 15분 정도 걸리는 거리인데, 영화관만큼 썰렁한 거리를 걸으면 영화의 분위기를 속에 그대로 담아둘 수 있다.

한번은 영화관에 혼자 앉아있었던 적이 있었다. 재개봉하는 영화라 그랬는지 사람이 아무도 없었다. 아무리 휑한 게 매력이라지만 혼자서는 좀 무서운데…… 할 때쯤 아주머니 한 분이 앞줄을 채웠다. 영화가 무르익고 감정이 차올라서 훌쩍훌쩍하고 있는데 앞자리 아주머니도 고개를 푹 숙이셨다.

아, 이게 세대공감인가. 텅텅 비어버린 넓은 영화관에 20대 여자, 40대 여자(추정) 둘이 앞뒤로 나란히 앉아 같은 장면에서 눈물을 흘리다니.

그런데 아주머니 고개가 계속 끄덕여진다…….

영화가 끝나고 엔딩크레딧이 올라가고 자리에서 일어나며 깨워드려야 하나 말아야 하나 고민하다가 아르바이트생에게 임무를 맡겼다.

차마 전하지 못했지만, 함께여서 든든했어요.

내 마음이
쫀득쫀득

어이없게도 책과 친해지고 있다. 와…… 내가 책을 좋아하게 되다니.

손으로 만지작만지작하는 걸 좋아했었다. 가만히 앉아서 뭔가를 보고 있지 못했었다. 초등학교 저학년 때까지도 책은 물론이고 만화영화, TV도 보지 않았다. 인형 옷을 만들고 찰흙을 빚고 조물조물하는 것들만 좋아했었는데 다 커서 책을 잡게 될 줄이야.

환경 덕을 봤다. 주위 사람들이 끊임없이 좋은 책들을 추천해줬고, 추천받은 책들을 간신히 따라가면서 읽다 보니 자연스럽게 습관이 생겼다. 우리 집에서 가장 공간을 많이 차지하고 있는 건 침대 다음으로 책이다.

책 내용에서 얻는 것이 많다는 것도 좋지만 책을 읽는다는 행위 자체가 좋다. 활자에 집중하는 순간 마음이 착 내려앉고 안정되는 듯한 기분을 받는다.

다만 아직 책 편식을 줄이지 못했다. 읽었던 책 대부분은 에세이와 소설로 채워져 있다. 그중에서도 특히 몇몇 작가들에 집중되어 있다. 나의 독서 리스트가 특정 작가로 짜인 것은 문체 때문이다. 부끄러운 얘기일 수 있지만, 책을 볼 때 스토리보단 끈적거리는 문체가, 찰떡처럼 달라붙는 문장이 좋다. 내가 좋아하는 작가들은 그런 찐득한 글을 쓰는 사람이다.

그중에서 가장 내 마음에 척 붙어있는 작가는 모두의 연인인 피천득 선생님이고, 그중 최고는 『인연』이라는 책이다. 수많은 수필의 시작엔 『인연』이 있다고 감히 생각해본다.

『인연』을 처음 읽을 땐 중간중간 멈추느라 시간이 오래 걸렸다. 각 장에 밑줄을 치고, 책 끝을 접고, 문장을 따라 써보려 옮겨 적어놨었다. 그리고 그 글에서는 아빠를 만날 수 있었다. 피천득 작가님이 딸을 보는 시선을 따라가면 우리 아빠가 그려진다. 아, 나도 이렇게 자랐겠구나, 아빠가 나를 보는 시선은 이랬었겠구나 싶다. 그 마음이 그 진심이 와 닿아서 그 글들은 마음에 철썩 붙어 쫀득거린다.

나의 이상형 또한 피천득 작가님 덕분에 명확해졌다. 평범하지만 정서가 섬세한 사람, 곧잘 수줍어하고 겁이 많은 사람, 아련한 미소 같은 유머를 지닌 사람에게 매력을 느낀다는 피천득 작가님처럼 나도 역시 그런 사람이 좋다. 그리고 정서가 섬세하고, 미소 같은 유머를 지닌 사람이 되고 싶기도 하다.

이젠 여행을 떠날 때도 옷만큼이나 신경 쓰는 게 책이다. 이번 여행에선 어떤 책을 읽을까 매우 신중히 고르려고 한다. 혹시나 여행지에서 책이 별로일 수 있는 상황을 대비해 넉넉히 3~4권을 챙기고 얇은 시집도 꼭 함께 넣는다.

원래 늦게 배운 도둑질이 날 새는 줄 모른다고 했다.

우린 조금 늦게 만났지만, 시력이 다할 때까지 함께 갈 듯하다.

시를
꺼내 먹어요

멀찍이 떨어져 짝사랑하고 있었다. 마음이 불안하게 요동치던 시기엔 시를 짝사랑했다. 시집을 많이 본다거나 시에 대해서 많이 알고 있다거나 시인들을 열렬히 동경하는 건 아니었지만 시 몇 구절을 마음속에 품고 있었다. 일면식이 별로 없어 좋아한다고 고백하진 못하지만 호감이 넘치는 단계라고 하면 맞겠다. 최소한의 글자 수로 마음을 훅 치고 들어오는 힘이 좋았다. 소설 한 편, 영화 한 편, 노래 한 곡을 다 보고 들어야 느낄 수 있는 감정을 몇 글자로 접할 수 있게 해주는 효율도 좋다.

이 호감을 큰 소리로 말하지 못하는 것은 그 깊은 세계를 잘 알지 못한다는 소극적인 마음 때문이다. 나에게 시의 세계는 중학교 교과서가 전부다. 교과서에 실린 시들은 나를 시험에 들게 했지만, 정말 시험에 든 기분이었을 땐 위로가 되었다.

도종환 시인의 시「흔들리며 피는 꽃」을 되뇌며 신입 시절을 보냈고, 황동규 시인의 시「즐거운 편지」를 필사하며 일렁이는 내 마음을 이해했다. 그리고 이형기 시인의「낙화」는 아직도 되뇐다.

희한하게「낙화」에 대한 추억은 좀처럼 지워지지 않는다. 중학교 2학년 때 종합학원에 다녔었다. 시험을 앞두고 학원 보충 수업이 빽빽하게 잡혔고 선생님들은 열변을 토하며 강의했다. 종일 목청 높여 강의한 국어 선생님은 쩍쩍 갈라지는 목소리로「낙화」를 읽어주셨다.

"가야 할 때가 언제인가를 분명히 알고 가는 이의 뒷모습은 얼마나 아름다운가."

마지막 '가'에서 목소리가 갈라졌다. 그 소리가 좋았다. 자꾸 쇳소리가 나는 선생님 목소리는 예뻤다. 아름다운 시와 아름답지 않은 소리는 어울렸다.

시를 외우는 문제는 나올 리 없었지만 「낙화」만큼은 빈 공책에 수십 번 옮겨 적었다. 벌써 13년 전 이야기지만 지금까지도 툭 치면 탁하고 처음부터 끝까지 읊을 수 있다. 그 시를 쉽게 떠올릴 수 있어서 쉽게 마음을 다잡을 수 있었다.

시가
내게로 왔어요

인문학으로 광고하라는 가르침을 주신 박웅현 작가님은 책에서 시를 꽤 많이 언급한다. 그러면서 마케터도 시인의 시선으로 살아야 한다고 말했다.

남들이 보지 못하는 걸 보는 사람이 시인이라며, 시인은 간장게장에서도 지나가는 담쟁이 덩굴에서도 마음을 느끼는 사람들이란다. 마케터 역시 다른 사람의 마음을 들여다보는 직업이니 시인의 안경이 필요하다는 말씀이었다.

"내가 안 어울리게 시는 무슨"이라는 마음에 선을 긋고 있었는데 명분이 생겼다. 시를 좋아하는 게 일에 도움이 된다니. 청승이 아니라 일을 잘하기 위해서 보는 거라고 생각하니 당당하게 다가갈 수 있게 됐다. 아니 그때부터 시들이 내게 다가왔다. 인테리어용으로 구매해도 될 만큼 예쁜 시집들이 다가왔고 제목부터 제대로 후벼 파는 시집들부터 이해하기도 쉽고 재치도 있는 독립출판 시집들까지 모두 내게로 왔다.

꽤 많은 시집이 모였을 때 책장 한쪽에 시집만 따로 모아 '시집장'을 만들었다. 그들의 안경을 빌려 쓸 수 있는 마케터가 되자는 다짐과 함께.

시와 한 걸음씩 친해질 때쯤 'LUSH'라는 브랜드 행사에서 최영미 시인을 직접 마주할 기회를 얻었다. 간단한 행사가 진행되고 마무리 질문 시간에 한 사람이 물었다.

"시인이 되려면 어떻게 하나요."
"음……. 시인은 타고나는 게 있어요. 소설은 엉덩이 힘으로 쓴다고 하거든요? 책상 앞에 앉아서 꾸준히 쓰는 사람이 소설을 써요. 장편소설 같은 건 엄청난 꾸준함이죠. 그런데 시는 타고나는 부분이 큰 거 같아요. 잎새에도 괴로워하는 그런 감수성이요. 그건 가르쳐주거나 배울 수 없어요."

잎새에 이는 바람에도 마음이 괴로운 사람만이 시인이 될 수 있다는 말이 계속 맴돌았다. 특히나 최영미 시인에게 느껴지는 분위기가 그 말에 확신을 더했기 때문에 더더욱 그랬다. 최영미 시인은 그런 감수성을 가진 사람처럼 보였다.

내 눈에 읽히는 그 문장들은 결코 이해할 수 없을 것 같다. 그런 마음을 안고 사는 삶은 어떨까 싶다. 짧은 문장 하나에 꾹꾹 눌러 담은 깊고 또 깊은 삶들이 있겠구나 싶다.

7부

이십구 독립만세

할머니가 돌아가셨다

새해가 되었고, 친할머니가 돌아가셨다.

정신없던 연말과 1월 1일을 보내고 새해 첫 출근을 앞둔 저녁 왠지 마음이 싱숭생숭해 SNS를 켰다. 새해엔 또 어떤 일들이 기다리고 있을지 기대가 된다는 글을 남겼다. 그 뒤에 뒤척임이 몇 번 반복되었을 때 전화벨이 울렸다. 할머니의 별세 소식이었다. 내가 기대한 이번 해의 첫 일이 할머니의 부재가 됐다.

연세가 많으셔 최근 3개월 동안 건강이 급격히 안 좋아지셨기에 덤덤히 받아들일 수 있었다. 날이 밝자 할머니를 분당 차병원에 모셨고 지방 친척들까지 모두 모였다. 상복을 갖춰 입고 할머니께 인사를 드릴 때가 되어서야 조금씩 실감이 났다. 할머니의 죽음만큼 슬펐던 건 엄마를 잃은 아빠와 고모, 큰아버지, 작은아버지의 모습이었다. '할아버지에 이어 할머니까지 떠났으니 우리 아빠는 이제 부모님이 안 계시는 삶을 살게 되는구나'라는 생각에 마음이 아렸다.

장례는 3일장으로 치러졌다. 마당발인 큰아버지 덕에 슬퍼할 겨를 없이 각자의 위치에서 정신없이 움직였다. 장례식장은 가본 적이 손에 꼽힐 만큼 낯선 곳이었고 장례예절은 거의 몰랐는데 이번 일로 많이 배웠다. 이렇게 인간세상의 어른이 되어간다.

어릴 적에만 몇 번 봤던 먼 친척들도 다 모였다. 친척 행사는 거의 참석하지 않았었는데 그동안 모두 결혼을 하고 아이까지 꽤 자라 있었다. 옛날 기억만 갖고 있던 나는 너무 많이 변해버린 세월에 놀라고 그들은 내가 29살이 되었다는 것에 놀랐다. 친척을 통틀어 가장 막내였던 내가 20대 끝자락에 서 있고, 친척 언니 오빠들의 아이가 내가 할머니 집 마당에서 뛰어놀았던 그 나이가 됐다니. 엄마 뒤에 숨어서 친척들 일에 무관심했던 것을 반성했다. 할머니의 조카이고 누구의 고모부고 촌수조차 따지기 힘든 가족들인데도 먼 길을 달려와 함께 있어준다는 게 이렇게나 큰 힘이 되는데 내 일이 뭐가 그리 바쁘다고 무심했었는지.

오랜만에 만난 친척들과 쪽잠을 자며 장례식장을 지키니 3일차가 되는 날은 전우애 같은 게 느껴졌다. 명절에 할머니 집에 다 함께 모여 놀았을 때 이야기를 하고 기억 저편에 있던 추억들도 꺼내보며 추억여행도 했다. 할머니가 마지막으로 우리에게 주신 선물 같았다. 명절에 각자의 가족만 챙기기 바쁘고 놀러 다니기에 정신없었던 우리가 잊고 있었던 가족들의 추억.

장례식장이 익숙해지고 슬픔이 무뎌지고 그래도 호상이라며 할머니가 돌아가셨다는 사실이 새삼스럽게 서글프지 않은 날, 발인식이 진행되었다. 3일 동안 제대로 씻지도 잠을 자지도 못한 가족들의 모습을 서로 놀리며 무겁지 않은 발걸음으로 화장터에 갔다. 하지만 그곳은 절대 가볍지 않았다. 줄을 잇는 고인들과 가족들의 행렬. 아무렇지 않게 살아가는 일상 속에서 수없이 죽어가는 사람들. 생명이기에 당연한 생로병사의 이치를 나약하게 맞이하는 사람들. 그들이 무너지는 모습을 차마 지켜볼 수 없었다. 보기 힘든 그 광경 끝에 할머니의 차례가 돌아왔고 3일간 덤덤해진 마음은 속수무책으로 무너졌다.

살아있는 게 당연한 이 삶에도 언젠간 끝이 있다. 오늘도 어떤 이의 생명은 지고 있다. 가장 당연한 것에 소중함이 묻어있었다. 내일 우리는 또다시 일상으로 돌아가 아무렇지 않게 살아가겠지만 할머니가 마지막으로 주신 가르침, 가족들의 소중함과 끝이 있는 삶에 대한 간절함은 잊을 수 없을 것 같다.

이제야 자유로워진 할머니는 안성 천주교 묘지에 안치되었다. 나에겐 언제나 할머니였던 할머니. 장례식장에서야 들을 수 있었던 할머니의 젊은 시절 이야기. 나의 할머니에게도 내 나이였던 시절이 있었다는 것을 무지하게 깨달으며 기도했다.

할머니가 어렵다는 핑계로 쓸데없이 무뚝뚝했던 손녀라 아쉬움이 많이 남아요. 마지막으로 주신 선물은 잊지 않을 테니 좋은 곳에서 평안하시길 바랍니다.

이태원 클라쓰

소중한 일요일인데 온종일 비가 내린다. 항상 비가 너무 싫다고 생각했었는데 오늘 정확히 깨달았다. 비가 싫은 게 아니라 우산을 쓰는 게 싫다. 우산을 쓰고 돌아다니기 성가시다는 핑계로 집 근처 카페에 앉아 비 구경을 하며 웹툰 하나를 정주행했다. 〈이태원 클라쓰〉라는 웹툰이다.

주인공 박새로이는 현실에 존재했으면 좋겠다는 생각이 드는 우직하고 소신 있는 캐릭터다. 지극히 남성의 시선에서 멋진 남자를 그린 것 같은 느낌도 들지만, 요즘 내가 가진 생각의 끝에 있는 캐릭터이기도 해서 맘에 들었다. 박새로이는 어떤 상황에서도 자신의 소신, 가치관, 사랑하는 사람들, 이 세 가지를 지킨다. 난 그 캐릭터처럼 중심이 확고한 사람이 되고 싶다.

사람들은 다른 사람들이 좋아하는 걸 좋아하는 것 같다. 사람들은 1등이 1등 하는 걸 보고 싶어 하는 것 같다. 사람들은 다른 사람들이 욕망하는 걸 욕망하는 것 같다. 그런 것에 휩쓸리지 말아야겠다는 생각이다. 내 인생의 우선순위를 그렇게 쉽게 정해버리지 않으려 한다.

행복하게 살고 싶지만 오늘의 행복이 내일의 죄책감으로 남을까 봐 걱정이 되기도 한다. 사람들이 말하는 행복의 조건은 보이고 만져지고 평가 가능한 것들인데, 그런 것들은 오늘의 희생 없이는 얻을 수 없는 것처럼 보인다. 연봉, 좋은 집, 좋은 차 등등.

하지만 그게 정말 중요한가. 중요한 건 오히려 만져지지 않고, 평가할 수 없고, 그저 느낄 수만 있던데.

난 내 마음이 느끼는 걸 믿는다.

세상이 원하는 방향이 아닌, 난 나의 길을 걷고 싶다.

우리는 각자 존재한다.

냉정한 말 한마디

“너만 힘든 거 아냐. 다들 그러고들 살아”라는 말을 타인이 했다면 ‘와. 저 사람은 공감능력이 없나’ 할 테지만, 나는 스스로에게 이 말을 자주 건네는 편이다.

첫 독립, 첫 이별, 첫 해외여행, 첫 사회생활. 처음 하는 모든 것들이 버거워서 이 세상에 나만 혼자 있는 듯, 이 우주에 혼자 남겨진 듯 외로웠다. 그런 감정을 글로 남기기도 했는데, 글을 읽어준 몇몇 사람들이 나도 비슷한 걸 느꼈었다고, 나의 처지도 비슷했다고 이야기해주었다. 그 말들이 꽤나 위로가 되었고 마음을 더 단단하게 만들어주었다.

이게 큰 고통인 것처럼 '왜 나만 이렇게 힘들어요?'라고 소리 없이 외쳤던 것들이 모두들 한 번씩 겪는 일이였다는 게, 다들 그렇게 살아간다는 게, 이런 게 그냥 삶이구나, 삶은 이런 거구나, 인간이란 필연적으로 외롭고 힘들 수밖에 없는 거구나 하고 받아들여졌다.

타인은 절대 못 해주는 말이다. 요새 어디서 저런 말을 했다간 꼰대 취급받기 십상이니까. 오늘은 스스로에게 냉정한 말 한 마디를 건넨다.

'다들 그 정도는 아프면서, 견디면서 살아가.'

2년 더 살겠습니다

재계약 기간이 다가오자 세입자의 불안한 마음을 느꼈다. 이 근처 집값이 많이 올랐는지 여기저기 물어보니 현재 우리 집은 시세보다 저렴하다. 빈틈이 많은 집이지만 정도 들었고 이 가격에 이 정도 집이면 괜찮다 싶었다. 값을 올리는 것도 걱정이고 이사를 해야 한다면 누군가에게 집을 보여줘야 한다는 것도 걱정이었다.

태어나서 처음으로 집을 구해본 날, 부동산 아주머니가 누군가가 사는 집에 문을 열고 들어가는 행동은 적잖은 충격이었다. 불과 3시간 전에는 주인이 자고 있었을 공간을 주인이 없는 시간에 구경하는 건 이상했다. 집을 보여줘야 팔리니 어쩔 수 없이 열쇠를 맡겨야 한다고 했다. 남의 것을 빌려 쓰는 자에겐 권한이 별로 없다.

주인이 없는 집이었지만 누가 살고 있는지는 선명하게 보였다. 여긴 디자이너가 사는 집인가 보다. 여긴 내 또래의 예쁜 여자분이 사는 집인가 보네. 여긴 30대 초반 남자가 혼자 사는 집인가 보다.

우리 집 열쇠를 주인님이나 부동산에 맡겨야 한다는 사실이 무섭고 내 집을 내가 없는 시간에 모르는 사람에게 보여줘야 한다는 사실이 미치도록 싫다. 내 집에는 나의 모든 게 담겨있으므로. 언젠간 마주하게 될 그 상황은 피하고 싶다. 이 집에 2년 더 살아야겠다.

대출금 연장이 되는지 확인하고 주인님이 계약을 연장할 마음이 있는지 가격은 얼마나 올릴 건지 알아봤다. 대출금 연장은 생각보다 간단했다. 대출을 받는 것보다 10분의 1 정도의 수고만 들이면 됐다. 떨리는 마음으로 주인님에게 전화를 걸어 계약 연장 의사가 있음을 밝혔다. 돈이 궁하지 않은 주인님은 "그래 주면 고맙다"고 했다. 끝이다. 계약 연장은 계약서를 작성하는 것에 100분의 1 정도의 수고로움도 없었다.

그럼 저 2년 더 살겠습니다.

내게
로망이 있소

요즘 우리 팀은 새로운 사람을 채용하는 데 많은 관심을 쏟고 있다. 삶의 변화를 위해 적극적으로 도전하는 지원자들을 보면 존경심이 샘솟는다. 나는 이 경이로운 첫 직장을 뒤로 하고 새로운 곳으로 이직할 수 있을까?

현재 속해 있는 팀과 하고 있는 일이 너무 좋으니 이직이란 단어는 당연히 조금 먼 미래에 있긴 하다. 며칠 전에는 그냥 이 회사에서 정년퇴직하고 싶다는 이야기를 했다. 돌이켜보면 그건 미래를 생각하기엔 머리가 아프니 피하고 싶다는 얘기고, 한창인 나이에 도전 한번 없이 안일하게 안주하겠다는 비겁한 얘기다(정녕 회사와 내가 지속적인 성장을 함께 할 수 있다고 해도).

어떤 회사, 어떤 조직이라고 구체적으로 얘기하려고 하니 막막했지만 조금 더 자유롭게 미래를 맘껏 상상해보니 나에게도 로망이 있었다. 꿈이라고 말하면 거창하고 목표라고 말하면 너무 뾰족하고 로망이라는 단어가 딱 적합한 그런 거.

로망 하나.
나에게 에너지가 100%가 있다면 회사 일에 60%, 개인 작업에 20%, 나머지 20%는 좋아하는 뮤지션을 보는 데 쓴다. 그리고 그걸 계기로 다시 에너지를 100%로 채우기도 한다. 나의 뮤즈들이 이렇게나 좋은데, 보기만 해도 듣기만 해도 에너지가 마구 샘솟는데 이걸 한번쯤은 나의 업과 관련지어 보고 싶다. 푹 빠져있는 힙합도 좋고, 더 넓게 음악과 관련된 비즈니스도 좋다. 내가 구체적으로 어떤 일을 할 수 있을지는 모르겠지만 좋아하는 뮤지션이 음악을 꾸준히 행복하게 할 수 있게 돕는 일이라면, 음악이 필요한 사람들과 좋은 음악을 함께 나눌 수 있는 일이라면 뭐든지 할 수 있을 것 같다.

로망 둘.
술집을 하고 싶다. 술집. 너무 투박한 표현이지만 펍도 아니고 바도 아니고 이자카야도 아니고 포차도 아니기에 술집이라는 단어밖에 없다. 그러니깐 술이 있는 공간을 만들고 싶다. 내가 술집을 찾아가는 이유는 참 다양했다. 엄청 슬픈 날도 있었고 기분이 째지는 날도 있었고 그저 배가 고팠던 날도 있었다. 하지만 나올 때의 기분은 하나같이 후련했고 들떴었다. 언제나 마음은 따끈따끈했고 기분은 알딸딸했다.

조금 더 보태자면 어둑어둑한 조명에 음악이 크게 흘렀으면 한다. 음악에 취하고, 술에 한 번 더 취할 수 있는 공간이면 한다. 스피커로 트는 음악이 아니라 뮤지션의 공연을 볼 수 있는 곳이면 캬, 끝났다.

상상만 해도 좋다. 미래를 생각하다가 참으로 낭만적인 밤을 맞이했다.

이건 원숭이들의 고백

오 나의 늦은 20대 고백

변해버린 모습 그대로 OK

다 커버린 원숭이들의 고백

이제 다 커버렸다는 다이나믹 듀오 오빠들의 노래를 흥겹게 따라부르며 '군대 갔다오면 곧 서른이야'라는 가사에 '와 오빠들 이제 진짜 아저씨네…… 군대 다녀오면 어쩌냐……'라며 진심으로 걱정을 함께했다. 그때 내 나이는 16살이었고 오빠들의 나이는 26살이었다. 이제 곧 30대를 맞이하는 시점에 이 노래가 공감되면서도 귀엽다. 나는 80년생부터 87년생들을 좋아한다. 그들이 태어난 해가 특별해서는 아니고 나의 삶보다 딱 반발자국 앞서 있는 그들이 남기는 작품들은 내가 어떤 고비를 넘을 때 발자취가 되기 때문이다. 다이나믹 듀오 〈고백〉을 틀어놓고 따라부를 땐 진심을 담을 수 있다. '하루를 밤새면 이틀은 죽어. 이틀을 밤새면 나는 반 죽어.' 이 노랜 나의 예지몽과도 같은 역할을 했다. 20대 초반만 해도 벼락치기 밤샘에도, 엠티가서 새벽까지 놀아도 끄떡없었는데, 이젠 체력이 그렇지 않다. 20대 중반이었던 나의 오빠들은 이제 마흔을 바라보고 있다. 걱정이 우습게도 계속해서 너무나 훌륭한 앨범을 냈고 여전히 명곡을 뽑으며 왕성한 활동을 하고 있다. 그 모습을 보면 나도 지금의 고민이 먼 훗날 아무것도 아닌, 그저 내가 가는 길에 좋은 밑거름이 됐으면 한다.

그렇다. 이 글이 곧 원숭이의 고백이다. 28살에서 29살로 넘어가는 게 그냥 숫자 하나가 더해진 것인 것처럼 29살에서 30살로 넘어가는 거도 별거 아니라고 생각하지만, 또 한편에는 이상한 마음이 자리해있다.

나는 이제 막 사춘기를 겪었는데 20대가 지나버린다는 것이 억울하다. 20대가 되는 날 보신각 종소리를 들으며 "꺄! 나 이제 성인이야아아아!"를 외쳤던 그날. 술집에서 민증을 검사하면 당당하게 민증을 꺼내 자랑하듯 보여줬던 그날. 20살이라는 어쩌면 과하게 의미가 부여되어 이용되고 있을 그 단어에 나도 함께 취해있었던, 내 나이가 인생의 꽃등심 같았던 22살. 23이라는 숫자가 너무 예뻐서 나이를 말하는 것에 주저함이 없었던 23살. 아마 내 인생에서 가장 예쁜 시절은 지금이 아닐까 취해있었던 24살. 그리고 늦게 찾아온 사춘기를 겪어내었던 27살과 28살.

그렇게 아무 준비 없이 맞이하게 된 20대의 끝자락. 나이는 숫자에 불과하다며 의미를 부여하고 싶지 않지만 그것이 주는 표현할 수 없는 무게감을 떨쳐버릴 수 없다.

그 파릇파릇한 시절을 잘 보냈냐고 묻는다면 차마 고개를 들 수 없을 것 같다. '그러면 돌아가서 다시 한번 살아볼래?'라고 묻는다면 그건 또 싫다. 어설픈 나보단 눈꺼풀이 가라앉더라도 지금의 내가 좋다. 그 불안과 슬픔을 다시 또 겪고, 마음을 깎아냈던 경험은 두 번 다시 하고 싶지 않다. 그저 39살의 내가 30대의 끝자락을 맞이했을 땐, 지금보다 더 뿌듯한 마음이 가득했으면 한다.

독립,
주제넘게 권합니다

어릴 적엔 친구들과의 아지트를 꿈꿨다. 빨간 머리 앤과 다이애나가 숲속에서 둘만의 시간을 보낸 것처럼 어른들은 모르는 우리만의 공간을 원했다. 인적 드문 놀이터, 유행에 뒤처져 폐점 위기인 과일 빙수 가게를 매일같이 들락이면서 그곳들을 아지트라 부르기도 했다. '우리 나중에 대학 가면 다 같이 살자'라는 약속도 잊지 않았다. 그땐 성인이 되어서는 혼자만의 공간을 원하게 될 줄 감히 상상하지 못했다. 고독이 두려워 그것이 얼마나 위대한 건지 경험해보지 못한 탓이다.

가족과 함께 사는 집에서의 내 방은 누구나 언제든지 들어올 수 있는 곳이었다. 100% 자유롭지 못했다. 나는 물론 내 물건들 역시 그랬다. 왜 함부로 만지냐며 언니와 다투기 일쑤, 자꾸 버리려고만 하는 엄마와도 전쟁을 치르기 일쑤였다.

독립 후에 내 물건에 아무도 손대지 않는다는 게 얼마나 행복했는지 모른다. 나만의 물건으로 채워 나가면서 집은 그렇게 아지트 역할까지 하게 되었다. 내 집의 모든 물건은 나만을 위한 것이다. 내가 듣고 싶은 음악만 흐르고 내가 좋아하는 포스터와 책 구절들이 벽면을 한가득 채운다. 맞춤형 공간이다. 휴대폰만 멀리하면 세상과도 단절될 수 있다. 지구가 좌전을 하든 우전을 하든, 대한민국이 며칠이고 몇 시인지 상관없이 내 생체 리듬에 맞춰 자고 일어날 수 있다. 남들 다 자는 시간에 눈을 떠 보다 만 영화를 봐도 괜찮다. 말 한마디 하고 싶지 않은 날엔 침대에 처박혀 있으면 그만이다.

혼자 사는 집은 위대했다.

주위 어른들도 "혼자 나가 사니까 좋지? 하고 싶은 대로 다 하고?"라고 묻는다. 어디까지 상상하시는지는 모르겠지만 "네! 지인짜! 좋아요"라고 답한다. 타인과 철저히 단절된 공간은 상상 이상으로 나를 성장시켰기 때문이다. 아무나 함부로 들어올 수 없는 동굴에 들어와서야 나는 나를 더 드러낼 수 있었다.

아마 가족들과 있었다면 거실에서 공중파 드라마를 함께 봤을 시간에 좋아하는 작가의 소설책을 읽는다. 엄마와 CBS 라디오를 들을 시간에 내 덕심을 자극하는 노래를 스피커가 터지도록 틀어둔다. 욕설이 난무하는, 아빠가 들었다면 당장 꺼버렸을 그 노래를. 그리고 누군가와 시시콜콜한 이야기를 할 시간에 내면의 나와 대화한다.

모두 혼자 살고 나서야 가능해진 이야기다. 내면을 들여다보면서 나를 객관화 할 수 있게 됐고 취향 또한 견고해졌다. 인간은 사회적 동물이지만 혼자 있는 시간에 성장한다. 혼자 살아본 경험 없이 바로 결혼생활을 시작하려는 친구들에게 주제넘게 독립을 권유하는 것도 이런 이유에서다. 모두가 자신을 마주할 수 있는 아지트를 가졌으면 한다. 그게 집이라면 최고의 환경이겠고.

이십팔 독립선언

이십팔
독립선언

초판 1쇄	2019년 1월 21일
지은이	강세영
발행인	유철상
기획	조종삼
편집	남영란, 이유나, 이정은, 김유진
디자인	이혜수, 주인지, 조정은, 조연경
마케팅	조종삼, 최민아
펴낸곳	상상출판
출판등록	2009년 9월 22일(제305-2010-02호)
주소	서울시 동대문구 정릉천동로 58, 103동 206호(용두동, 롯데캐슬피렌체)
전화	02-963-9891
팩스	02-963-9892
전자우편	cs@esangsang.co.kr
홈페이지	www.esangsang.co.kr
블로그	blog.naver.com/sangsang_pub
인쇄	다라니

ISBN 979-11-965627-0-0 (03810)

※ 이 도서의 국립중앙도서관 출판예정도서목록(CIP)은 서지정보유통지원시스템 홈페이지
(http://seoji.nl.go.kr)와 국가자료종합목록시스템(http://www.nl.go.kr/kolisnet)에서
이용하실 수 있습니다. (CIP제어번호 : CIP2018042566)

끝까지 읽어주셔서 감사합니다.

책을 만들 수 있게 도와주신 분들,

특히 방아쇠를 당겨준 갱사마에게

감사하다는 말을 전하고 싶습니다.

나의 가족들과

사랑했던, 사랑하는 사람들에게

이 책을 바칩니다.